LE DÉMÉNAGEMENT

Georges Simenon (1903-1989) est le quatrième auteur francophone le plus traduit dans le monde. Né à Liège, il débute très jeune dans le journalisme et, sous divers pseudonymes, fait ses armes en publiant un nombre incroyable de romans « populaires ». Dès 1931, il crée sous son nom le personnage du commissaire Maigret, devenu mondialement connu, et toujours au premier rang de la mythologie du roman policier. Simenon rencontre immédiatement le succès, et le cinéma s'intéresse dès le début à son œuvre. Ses romans ont été adaptés à travers le monde en plus de 70 films, pour le cinéma, et plus de 350 films de télévision. Il écrivit sous son propre nom 192 romans, dont 75 Maigret, et 117 romans qu'il appelait ses « romans durs », 158 nouvelles, plusieurs œuvres autobiographiques et de nombreux articles et reportages. Insatiable voyageur, il fut élu membre de l'Académie royale de Belgique.

Paru au Livre de Poche :

LES 13 COUPABLES
LES 13 ÉNIGMES
LES 13 MYSTÈRES
L'ÂNE ROUGE
LES ANNEAUX DE BICÊTRE
ANTOINE ET JULIE
AU BOUT DU ROULEAU
LES AUTRES
BETTY
LA BOULE NOIRE
LA CHAMBRE BLEUE
LE CHAT
LES COMPLICES
LE CONFESSIONNAL
LE COUP DE LUNE
CRIME IMPUNI
LE DESTIN DES MALOU
DIMANCHE
LA DISPARITION D'ODILE
EN CAS DE MALHEUR
L'ENTERREMENT DE MONSIEUR BOUVET
L'ESCALIER DE FER
LES FANTÔMES DU CHAPELIER
LA FENÊTRE DES ROUET
FEUX ROUGES
LES FIANÇAILLES DE M. HIRE
LE FOND DE LA BOUTEILLE
LES FRÈRES RICO
LA FUITE DE MONSIEUR MONDE
LES GENS D'EN FACE
LE GRAND BOB
LE HAUT MAL
L'HOMME AU PETIT CHIEN
L'HOMME DE LONDRES
L'HORLOGER D'EVERTON
IL Y A ENCORE DES NOISETIERS
LES INNOCENTS
JE ME SOUVIENS
LA JUMENT PERDUE
LETTRE À MA MÈRE
LETTRE À MON JUGE
LA MAIN
LA MAISON DU CANAL
MARIE QUI LOUCHE
LA MORT D'AUGUSTE
LA MORT DE BELLE
LA NEIGE ÉTAIT SALE
NOVEMBRE
L'OURS EN PELUCHE
LE PASSAGE DE LA LIGNE
LE PASSAGER CLANDESTIN
LE PASSAGER DU POLARLYS
PEDIGREE
LE PETIT HOMME D'ARKHANGELSK
LE PETIT SAINT
LE PRÉSIDENT
LES QUATRE JOURS DU PAUVRE HOMME
LE RELAIS D'ALSACE
LA RUE AUX TROIS POUSSINS
STRIP-TEASE
TANTE JEANNE
LES TÉMOINS
LE TEMPS D'ANAÏS
LE TRAIN
LE TRAIN DE VENISE
TROIS CHAMBRES À MANHATTAN
UN NOUVEAU DANS LA VILLE
UNE VIE COMME NEUVE
LA VIEILLE
LES VOLETS VERTS

GEORGES SIMENON

Le Déménagement

PRESSES DE LA CITÉ

ISBN : 978-2-253-16885-0 – 1re publication LGF

En guise de préface

Certains critiques, rares il est vrai, quelques éditeurs étrangers habitués aux beaux gros livres, bien gras, m'ont reproché de n'écrire que des romans courts.

Celui-ci l'est particulièrement. J'aurais pu le délayer. Je me serais senti, en agissant ainsi, coupable de tricherie vis-à-vis de mes lecteurs et de moi-même.

Georges Simenon.
Épalinges, le 27 juin 1967.

1

C'était la seconde nuit. Il était resté éveillé aussi longtemps qu'il avait pu, gardant longtemps les yeux ouverts. Les volets métalliques laissaient passer entre leurs lattes un peu de la lumière crue des deux lampes électriques qui éclairaient la rue, au-delà de la pelouse.

Blanche dormait. Elle avait la faculté de s'endormir dès qu'elle se mettait au lit. On aurait dit qu'elle faisait son trou, comme les animaux. Elle remuait pendant quelques instants, s'enfonçait dans le matelas, s'enfouissait la tête dans l'oreiller.

— Bonsoir, Émile…

Il se penchait sur elle, l'embrassait sur la joue, ses lèvres rencontrant parfois une mèche de cheveux.

— Bonsoir, Blanche…

Il lui arrivait, cinq ou dix minutes plus tard, pris d'une vague tendresse, comme d'un remords, de murmurer dans un souffle :

— Bonne nuit…

C'était rare qu'elle lui réponde et il ne tardait pas à entendre sa respiration si particulière. Au début de leur mariage, il l'avait plaisantée.

— Sais-tu que tu ronfles ?

Elle s'était montrée si inquiète, si troublée, qu'il s'était empressé d'ajouter :

— Ce n'est pas un vrai ronflement… Un frémissement léger, comme le vol d'une abeille dans le soleil…

— Cela ne te dérange pas ?

— Mais non… au contraire…

Il ne mentait pas. La plupart du temps, ce frémissement rythmé l'aidait à s'endormir et il se surprenait à respirer à la même cadence.

Cette nuit-là, il ne voulait pas s'endormir. Il attendait, la tête près du mur. Vers onze heures, il avait entendu la femme se coucher, de l'autre côté. La cloison qui séparait les deux appartements devait être mince, ou bien, à cet endroit, il y avait un défaut quelconque dans la maçonnerie, une brique cassée ?

Elle devait dormir, comme la veille. À moins que, comme lui, elle n'attende.

De loin en loin, il percevait le bruit d'une voiture s'arrêtant devant un des immeubles. Des voix lui parvenaient. Presque toujours des couples. Le moteur s'arrêtait. Il devinait la femme cherchant la clef dans son sac, ou l'homme la sienne dans sa poche. Peu après, une lumière devait apparaître à une fenêtre.

Il était mécontent de lui. Il avait honte. Parfois, il fermait les paupières avec l'intention de se laisser aller au sommeil, mais presque aussitôt l'envie lui revenait, impérieuse, d'écouter, comme la veille.

Quelle heure était-il, la veille, quand l'homme était rentré ? Il ne le savait même pas. Il n'avait pas osé éclairer, ensuite, pour regarder l'heure au réveil. Des bruits, des voix, des rires, puis tout le reste, l'avaient éveillé en sursaut. Il n'était pas encore habitué à la vie de la maison, où ils dormaient pour la première fois, et c'était fatalement différent de la rue des Francs-Bourgeois.

Plus d'une heure, en tout cas, il était resté l'oreille collée au mur pour mieux entendre et, quand tout s'était tu, il n'était plus tout à fait le même homme.

La preuve c'est que, gourmand de sommeil, il s'efforçait maintenant de rester éveillé pour écouter à nouveau. Cela se passait-il chaque nuit ? Les voisins étaient-ils mari et femme ? Ou n'était-ce qu'une visite se reproduisant à intervalles éloignés ?

Il ne les avait vus ni l'un ni l'autre. Il ne savait pratiquement rien des locataires de l'immeuble, ignorait jusqu'à leur nombre. Les huit étages comportaient chacun un minimum de deux appartements. Plus que cela puisque le panneau annonçait des logements de cinq, quatre, trois pièces, sans compter les studios.

Il n'y avait pas qu'un immeuble, mais au moins vingt, identiques, groupés géométriquement, avec le même nombre de mètres carrés de pelouse devant chacun, les mêmes arbres qu'on venait tout juste de transplanter.

Il ne regrettait pas sa décision. D'ailleurs, ils l'avaient prise ensemble, Blanche et lui. Depuis environ deux ans, il lisait, dans les journaux, la publicité pour les cités modernes qui se dressaient toujours plus nombreuses autour de Paris.

— Tu ne crains pas que nous nous sentions un peu perdus ?

Blanche n'émettait jamais d'opinions tranchées. À peine présentait-elle une objection sous forme de question. Il était l'homme, le mari, le chef de famille.

Alain, lui, s'était presque rebellé.

— Qu'est-ce que je ferai, moi, dans un lotissement ? Sans compter qu'il me faudra changer de collège.

— C'est à ton père de décider, Alain...

— Mon père n'a plus treize ans. Il ne sort jamais, sinon une fois au bout d'une lune pour aller avec toi au cinéma. Il n'a même pas d'amis. Moi, j'en ai !

— Là-bas, tu t'en feras d'autres...

— Tu sais, toi, quelle sorte de gens nous allons trouver à Clairevie ?... Ce n'est même pas un nom de localité, de ville ou de village, mais un mot inventé par les agents de publicité...

Alain grognait, comme chaque année, pour le choix des vacances.

— Encore Dieppe, où il pleut un jour sur deux et où, la plupart du temps, il fait trop froid pour se baigner... Pourquoi n'allons-nous pas en Espagne, comme tous mes amis ?...

— Parce que ton père n'a pas de vacances en été et qu'il ne peut nous rejoindre que pendant les week-ends...

— Nous pourrions aller en Espagne tous les deux, non ?

— Et le laisser seul à la maison tous les dimanches ?

On n'était qu'en juin. Rien n'était encore décidé. On en avait eu bien assez à s'occuper du déménagement.

Émile refusait de dormir. Il avait besoin d'écouter encore, mais ses pensées devenaient plus vagues. Il en voulait soudain à sa femme de ce ronflement qui, peu à peu, commandait à sa propre respiration. Il allait s'endormir sans être sûr de se réveiller en sursaut comme la nuit précédente.

Blanche, elle, ne s'éveillait pas de la nuit. Elle n'avait pas besoin de réveille-matin. À six heures, à deux ou trois minutes près, elle ouvrait les yeux, se glissait sans bruit hors du lit et, sa robe de chambre et ses pantoufles à la main, se dirigeait vers la cuisine.

Même rue des Francs-Bourgeois, elle parvenait à refermer sans bruit la porte qui n'était pas d'équerre.

C'était ridicule d'attendre ainsi quelque chose qui ne se produirait peut-être pas. Il n'était pas fier de lui. Quelle excuse aurait-il donnée si on l'avait surpris l'oreille collée à la cloison ?

Il n'avait pas peur de Blanche. C'était sa femme. En quinze ans de mariage, elle ne lui avait jamais adressé un reproche. Jamais non plus elle ne se moquait de lui, si légèrement que ce fût, comme la plupart des femmes.

Il n'en avait pas moins peur de son jugement, d'une vague lueur qui passait dans ses yeux, d'un regard plus appuyé, interrogateur.

La veille, parce qu'il dormait, il n'avait pas entendu de voiture avant d'être réveillé par les voix. Il était probable que l'homme était venu en auto. Le matin, il avait aperçu, le long du trottoir, une voiture de sport décapotable, d'un rouge cerise, qui tranchait avec la grisaille de la plupart des autres.

Leur auto…

Cela devint flou et, quand il ouvrit les yeux, ce n'était plus la lumière des lampadaires qui filtrait à travers les volets mais le soleil du matin. Il tâta le lit à côté de lui. Blanche était levée et il croyait déjà sentir l'odeur du café.

Il était maussade, mécontent de lui. À la fois mécontent de s'être endormi et mécontent d'avoir essayé de se tenir éveillé.

Il aurait dû se réjouir. Les murs étaient blancs, d'un blanc adouci, plutôt ivoire, sans une tache, sans une craquelure. Ce n'étaient plus les mornes papiers à fleurs de la rue des Francs-Bourgeois qui se décollaient par endroits, ni ceux de chez son père, dans sa petite maison du Kremlin-Bicêtre.

Pendant des années, pendant toute sa vie, en somme, il avait haï les papiers peints à fleurs qui synthétisaient à ses yeux une mentalité et un état d'âme.

Il se souvenait d'un été, quand il avait sept ou huit ans. Les petites gens, à cette époque, ne se précipitaient pas encore vers les plages ni au-delà des frontières.

Certains ne prenaient pas de vacances du tout. D'autres se rendaient dans quelque village où ils avaient des parents et où la principale distraction était de pêcher la grenouille dans les mares. Tout sentait le fumier. Les chambres aussi. On était éveillé, tôt matin, par le beuglement des vaches.

Il allait encore, une fois par semaine, au Kremlin-Bicêtre, pour embrasser son père qui était veuf et à la retraite après avoir été instituteur pendant quarante ans. Trois pavillons en pierre meulière subsistaient entre des immeubles locatifs et, dès qu'on avait poussé la porte, on entendait le tic-tac de la pendule de cuivre dans la salle à manger.

Maintenant, autour d'Émile, les murs étaient clairs, sans aucune trace de la vie de précédents occupants.

Ils étaient les premiers. Un des bâtiments, à l'est, n'était pas achevé et une grue gigantesque tendait son bras oblique dans le ciel.

En dehors de la commode, de la table de nuit et d'une petite table ovale, il n'y avait d'autres meubles que le lit dans la chambre, car on n'avait plus besoin de l'énorme garde-robe en noyer qui prenait toute la place rue des Francs-Bourgeois.

Il n'avait rien dit, l'avant-veille, quand le lit avait été installé en long contre le mur. Il avait regardé la commode, cadeau de mariage de la tante de Blanche, la table de nuit, le fauteuil crapaud recouvert d'une tapisserie terne.

Lors du déménagement, ils ne s'étaient séparés qu'à regret de certains meubles devenus inutiles ou encombrants.

À présent, il regardait d'un œil maussade ceux qu'ils avaient amenés. Il n'en avait pas encore parlé à Blanche. Il le ferait plus tard, dans quelques semaines. Elle était plus conservatrice que lui, plus sentimentale, et il s'attendait à ce qu'elle n'accepte qu'avec résignation de se séparer de leur lit, par exemple.

Pour elle, c'était le symbole de leur vie à deux, de leur union, de leur amour, de la naissance d'Alain, de leurs joies et de leurs petites maladies au cours de quinze années.

Il poussa la porte de la salle de bains. Alain s'y trouvait nu sous la douche qui surmontait la baignoire.

— Quelle heure est-il ? demanda le gamin.

— Six heures et demie.

— Le déjeuner est prêt ?

— Je ne suis pas allé à la cuisine.

— Tu n'as pas vu maman ?

— Pas encore.

— Tu sais, j'aimerais mieux que nous partions dix minutes plus tôt. Hier, je suis arrivé pile pour l'entrée en classe et j'ai à peine eu le temps de me mettre au bout de la file.

— Nous avons été retardés par un poids lourd.

— Il y a des poids lourds tous les jours.

Pourquoi, sur les plans, disaient-ils salle d'eau au lieu de salle de bains ? C'était pourtant une vraie salle de bains, au carrelage bleu sombre, aux murs recouverts de faïence d'un bleu plus clair, et on n'avait pas besoin d'attendre qu'un vieux chauffe-bain à gaz accepte de fonctionner pour remplir la baignoire.

Il avait souffert, rue des Francs-Bourgeois, de cette salle de bains qui n'en était pas une, qu'on avait aménagée de bric et de broc, avec ses vitres dépolies qui empêchaient de voir la cour à peine plus grande qu'une cheminée.

Tout cela était fini, et aussi le vacarme plébéien de la rue dès le petit matin.

— On va vivre à neuf ! s'était-il écrié quand ils étaient revenus d'avoir signé les papiers pour le nouvel appartement.

Vivre à neuf ! Est-ce qu'on vit jamais à neuf ?

Il n'était pourtant pas déçu. Rien ne lui permettait de se plaindre, ni de penser qu'il s'était trompé dans son choix.

— Si seulement on voyait le soleil plus d'un quart d'heure par jour ! avait-il gémi pendant près de quinze ans.

Il le voyait. La chambre, dès qu'il leva le volet, en fut inondée. Il ouvrit la fenêtre et aperçut, en face, à trente mètres au moins, un immeuble blanc tout pareil au leur. En face aussi, chaque appartement avait un balcon de ciment et, sur quelques-uns de ces balcons, du linge séchait.

La rue des Francs-Bourgeois, à l'endroit où ils habitaient trois jours plus tôt encore, était à peine large de cinq mètres et on devait descendre du trottoir quand on croisait un passant.

Deux avions vrombissaient dans le ciel, parfois cachés par la brume matinale. On n'était qu'à huit kilomètres d'Orly.

— Vous ne vous trouvez pas dans le sens des pistes, avait affirmé le gérant. Vous n'entendrez qu'un bruit léger et vous vous y habituerez vite. Tous les locataires m'ont fait la même objection et, par la suite, je n'ai reçu aucune plainte.

Il avait endossé sa robe de chambre bleue et il traversait ce qu'ils appelaient, sur les plans, la salle de séjour. Il n'aimait pas ce mot-là non plus. Salle d'eau, salle de séjour. C'était à la fois la salle à manger et le salon car une murette d'un mètre de haut divisait la pièce en deux parties.

Ils y avaient posé, en attendant mieux, une plante grasse, dans un cache-pot de cuivre, qu'ils avaient depuis toujours dans la salle à manger de la rue des Francs-Bourgeois.

— Bonjour, Blanche...

Elle lui tendait le front, une poêle à la main.

— Bonjour, Émile... Tu as bien dormi ?... J'étais sur le point de t'éveiller quand je t'ai entendu parler à Alain... Il est prêt pour le déjeuner ?

Alain mangeait deux œufs sur le plat tandis que son père se contentait de café noir, parfois d'un croissant. Blanche avait déjà vu le boulanger et pris ses arrangements avec lui, de sorte que du pain frais et des croissants étaient posés dès six heures et demie devant leur porte.

— Nous aurons une belle journée...

— Il fera chaud... objecta-t-il.

Il ajouta sans y croire :

— Il y aura sans doute un orage l'après-midi...

C'était probablement faux et il s'en voulait de ternir ainsi, presque méchamment, cette matinée qui s'annonçait radieuse.

Clairevie ! Un nom idiot, qui sentait l'artifice, la publicité, l'attrape-gogo. Il imaginait le type chargé de trouver une appellation au nouveau lotissement se creusant la tête.

On avait dû lui dire :

— Que cela fasse gai, ensoleillé... Il faut que cela évoque la joie de vivre...

Il existait déjà des Clairefontaine, et d'ailleurs il n'y avait pas de fontaine ici. Il y avait même, quelque part, un groupe Plein-Soleil. Il ne se voyait pas annoncer à quelqu'un qu'il habitait Plein-Soleil.

Et Clairevie ?

Si la cuisine n'était pas grande, tout était parfaitement aménagé, comme dans les expositions.

— Tu as découvert le boucher ?

— Il vient chaque matin de Rungis. Il suffit de lui passer commande par téléphone. Dans quelques mois, le self-service aura un rayon de boucherie et un rayon de poisson...

Alain surgissait, habillé, les cheveux humides.

— C'est prêt ?

— Le temps de cuire tes œufs.

Il s'installait à la table laquée, un livre d'anglais devant lui. Émile, lui, emportait à travers le living-room la tasse de café que sa femme venait de lui servir et se dirigeait vers la salle de bains, s'arrêtant parfois pour boire une gorgée.

L'homme et la femme, de l'autre côté de la cloison, étaient-ils levés ? C'était improbable. L'avant-dernière nuit, ils ne s'étaient pas endormis avant trois heures du matin, sinon plus tard.

Il eut un drôle de sourire. C'était de lui qu'il se moquait. S'ils se couchaient aux petites heures et se levaient au milieu de la matinée, n'y avait-il pas des chances pour que Jovis ne les rencontre jamais ?

Ainsi, il ne saurait pas comment ils étaient faits l'un et l'autre. Il connaîtrait, de leur intimité, bien plus qu'on n'en connaît d'habitude sur ses meilleurs amis, sur sa famille, sur sa femme même, mais il pourrait les rencontrer dans la rue sans savoir qui ils étaient.

La baignoire était mouillée ; une serviette éponge traînait sur le carrelage. Il pesta contre son fils et se réjouit qu'à la rentrée il aille au lycée de Villejuif. Il n'aurait plus besoin de le conduire à Paris avant huit heures. Alain prendrait le car. Son père n'aurait pas une heure à tuer avant l'ouverture du bureau.

On ne pouvait pas changer le gamin de lycée au moment des examens. Il existait des tas de problèmes comme celui-là. On avait pensé à certains d'avance. Ils avaient paru anodins, faciles à résoudre. Pourquoi, tout à coup, Émile se tracassait-il ?

Il ne se tracassait pas à proprement parler. Ce n'était pas de la déception non plus. Cela ressemblait à certains dimanches de son enfance. Ses parents échafaudaient des projets. On irait, par exemple, déjeuner au bord de la Seine et, bien entendu, par économie, on emportait un pique-nique. Ils ne possédaient pas d'auto. On allait à pied. On traversait les sablières.

— Attention aux trous d'eau, Émile…

Il aurait aimé, comme tant d'autres, manger de la friture dans une guinguette. L'herbe sur laquelle on s'asseyait était poussiéreuse et avait une odeur douteuse.

Pourquoi finissait-on presque toujours par se disputer, parfois avant le départ, parfois vers le milieu de l'après-midi ? Sa mère était nerveuse. Comme Blanche, on aurait dit qu'elle avait peur de son mari, alors qu'en réalité c'était lui qui subissait ses volontés.

Quand ils étaient arrivés en voiture, la camionnette de déménagement derrière eux, il était en pleine exaltation.

— La vie commence, tu verras !

— Tu n'as pas été heureux jusqu'ici ?

— Si, bien sûr… Mais…

Ils n'en allaient pas moins se trouver enfin dans du neuf, dans du propre, dans un décor que d'autres petites vies n'auraient pas terni, imbibant les murs et les planchers de leurs déceptions, de leurs soucis, de leurs misères et de leurs maladies.

— Regarde comme c'est gai !

Et, levant la tête, il avait vu à une fenêtre, en dessous de leur appartement, une tête chauve de vieillard aux yeux rougeâtres, comme déjà sans vie, une courte pipe plantée dans la bouche.

Le plus rapide, pour gagner l'autoroute, était de suivre la route non terminée qui passait sous le chemin de fer. On traversait un lotissement en construction où les rues ne se laissaient que deviner et, sur la droite, on retrouvait l'aéroport d'Orly.

Alain, assis à côté de son père à l'avant de la 404, regardait le paysage sans enthousiasme.

— À quoi penses-tu ?

— Que je vais devoir me faire de nouveaux amis. D'après ce que j'ai pu voir, ce ne sera pas facile.

— Tu n'es pas content d'avoir quitté la rue des Francs-Bourgeois ?

— Pourquoi devrais-je être content ?

— Tu as maintenant une grande chambre. Tu peux prendre un bain ou une douche chaque matin sans attendre que le chauffe-eau se décide à fonctionner. L'année prochaine, la piscine sera terminée.

— Étant donné le nombre de locataires, il faudra s'inscrire pour faire un plongeon.

— Pour ton prochain anniversaire, je t'achèterai un vélomoteur. Tu n'auras pas besoin de prendre le car pour te rendre au lycée.

— Je me demande ce qu'ils peuvent avoir comme lycée à Villejuif.

Jovis se sentait vaguement coupable. Il n'avait pas senti d'enthousiasme chez sa femme non plus. Il s'était persuadé, en déménageant, que c'était pour leur bien à tous et qu'il allait les rendre heureux.

Peut-être en était-il de Blanche et de leur fils comme de lui-même ? Il ne regrettait rien. Il était trop tôt pour ça. Leur expérience, trop fraîche, datait à peine de quarante-huit heures.

Ce qui avait manqué, c'était la prise de contact, en tout cas pour Jovis. Il s'était imaginé qu'ils entreraient de plain-pied dans leur nouvelle vie, que tout s'orchestrerait immédiatement autour d'eux, qu'ils se réjouiraient ensemble d'être débarrassés d'un passé poussiéreux.

— Qu'est-ce que maman va faire toute la journée ?

Il regarda son fils en coin, surpris par la question.

— Que veux-tu dire ? Elle fera ce qu'elle a toujours fait.

— Tu crois ?

Soudain, il n'y croyait plus, lui non plus. Il n'en répliquait pas moins :

— Que faisait-elle à Paris ? Son ménage, ses courses, son marché, la cuisine…

— Tu ne rentreras plus déjeuner, ni moi quand j'irai au lycée de Villejuif. À Clairevie, il n'existe qu'un magasin. Autour, c'est comme un terrain vague. On ne se promène pas dans un terrain vague.

Il avait toujours cherché l'assentiment d'Alain et cela le peinait de ne pas le trouver cette fois-ci.

— Tu n'aimes pas le nouvel appartement ?

— Je n'ai rien contre la maison.

— Quand ta chambre sera arrangée…

— Je passe si peu de temps dans ma chambre !

— Ce soir, la télévision sera installée.

— Je sais.

— Alors ?

— Alors rien.

Il boudait leur nouvelle vie avant de l'essayer. Tant pis si Émile s'était trompé. Il n'était plus temps de revenir en arrière, car ils avaient acheté l'appartement payable en quinze annuités.

Ils quittaient l'autoroute à la porte d'Italie, se dirigeaient vers la Seine, qu'ils franchissaient au pont d'Austerlitz. Un peu plus tard, près du métro Saint-Paul, Alain descendait de voiture en face du lycée Charlemagne. Il était huit heures moins cinq.

— Tu as ton argent ?

Le gamin s'assurait qu'il l'avait en poche. C'était pour son déjeuner. Des problèmes naissaient ainsi, comme celui-ci qu'il avait fallu régler la veille.

Émile ne pouvait retrouver Alain pour déjeuner car il ne savait pas d'avance à quelle heure il quitterait son bureau. Chacun tirerait son plan.

Quand ils habitaient rue des Francs-Bourgeois, c'était facile, car ils n'avaient que quelques centaines de mètres à parcourir et la table était mise.

La veille, Blanche avait passé la journée à ranger le linge et les vêtements dans les placards. Il y avait, entre la salle de bains et la chambre d'Alain, une penderie entourée de placards sur trois côtés.

— Tu imagines comme ce sera pratique ! s'était écrié Émile quand, trois mois plus tôt, ils avaient visité l'appartement à peine terminé.

Les plombiers et les peintres travaillaient encore. Il était difficile de se rendre compte de la grandeur des pièces vides, où les voix sonnaient étrangement.

— Qu'est-ce que tu en penses ?

— C'est bien, disait Blanche, docile.

Elle regardait autour d'elle comme pour se situer elle-même dans ce nouvel univers.

— Tu auras deux fois moins de nettoyage à faire, parce que tout est facile à entretenir. En outre, il y a des placards partout.

— Il faudra que je m'y retrouve.

L'avant-veille, pendant qu'on apportait les meubles, elle avait pris la porte d'un placard pour celle du living-room. Ce n'était qu'une question d'habitude.

Rue des Francs-Bourgeois, l'appartement leur collait au corps comme un vieux vêtement, avec ses odeurs accumulées et, partout, une patine qui ne datait pas d'eux mais de plusieurs générations d'inconnus.

Rien ne fonctionnait convenablement, ni les fenêtres, qui laissaient passer l'air, ni les volets, où des crochets manquaient, ni le verrou de la porte d'entrée, qu'on ne pouvait tirer qu'en soulevant la porte.

Tous les soirs les Malard, au-dessus de leur tête, regardaient la télévision jusqu'à onze heures et demie et on entendait le bruit comme si on avait été dans leur logement.

Chez les boutiquiers d'alentour, Blanche devait faire la queue, écouter le bavardage des vieilles femmes qui se retrouvaient chaque matin avec de nouveaux secrets à échanger.

Jovis avait une heure à tuer. Son bureau n'ouvrait qu'à neuf heures. Il se dirigea vers la place des Vosges et arrêta sa voiture près du coin de la rue de Turenne.

La veille, il était venu boire un café à la terrasse du bar-tabac qui faisait l'angle. Il n'y avait que quatre ou cinq guéridons, quelques chaises sur le trottoir. Le vélum était baissé car le soleil, déjà chaud, tapait en plein sur la façade.

Il avait eu le temps de lire le journal de bout en bout. Il le lirait encore ce matin, puis les matins suivants, jusqu'à ce que l'année scolaire se termine et qu'il n'ait plus à conduire son fils au lycée Charlemagne.

Le garçon était devant lui.

— Donnez-moi…

Il hésitait, voyait sur la vitre, écrits à la craie avec le doigt, les mots : *Arrivage de pouilly.*

— Un pouilly…

Il buvait peu, ne prenant l'apéritif que s'il se trouvait d'aventure avec des camarades ou parfois, le dimanche soir, quand il sortait avec Blanche et Alain. À table, il se contentait d'un verre ou deux de vin rouge.

Il alla chercher un journal sur une des tables, à l'intérieur. Il avait connu ce bistrot alors qu'il était encore sombre, avec un vieux comptoir d'étain, de la sciure de bois par terre, et qu'il était tenu par un Auvergnat manchot.

L'Auvergnat était mort. Le nouveau propriétaire avait tout remis à neuf, installé un comptoir de cuivre, des rayonnages clairs, de nouvelles tables, de nouvelles chaises. On pouvait maintenant, debout, faire un véritable repas froid, au milieu de charcuteries appétissantes.

— C'est vrai que vous avez quitté le quartier ?

— Depuis deux jours. Nous nous sommes installés à une dizaine de kilomètres d'Orly.

— Mais vous n'avez pas changé de travail ? Vous êtes toujours à la Bastille ?

— Toujours.

— Vous êtes dans un de ces lotissements qu'on aperçoit de l'autoroute du Sud ?

— Pas un lotissement...

Car ce n'était pas un vrai lotissement. Les maisons n'étaient pas des HLM, mais des constructions soignées, et on avait aménagé des espaces verts entre les blocs de béton.

Le promoteur avait dû hésiter à employer le mot résidence, comme pour les ensembles de luxe. Il aurait risqué ainsi d'écarter la clientèle moyenne. Il s'était contenté de baptiser l'endroit Clairevie, sans autre dénomination.

— Cela plaît à votre femme ?

— Je crois.

— Elle s'y fera. Les femmes s'acclimatent moins vite que nous. Quand nous nous sommes installés ici, j'ai cru, pendant six mois, que la mienne deviendrait neurasthénique. Rue de Clignancourt, elle connaissait tout le quartier.

Le pouilly était frais et sec. Il le but presque d'une gorgée et quelques minutes plus tard il eut envie d'en boire un autre, fit signe au garçon.

Il n'avait aucune raison sérieuse d'être préoccupé, inquiet. Au fond, ce qui le tracassait, c'était ce qui s'était passé la première nuit au-delà de la cloison, ou plutôt le fait qu'il avait écouté jusqu'au bout, qu'il avait été assez troublé par ce qu'il entendait pour, la nuit suivante, s'efforcer de ne pas s'endormir.

Il avait honte. Il s'était conduit à la façon d'un voyeur. C'était contraire à son caractère, à ses convictions, à la ligne de vie qu'il avait toujours suivie scrupuleusement.

Jusqu'à présent, il avait été en paix avec lui-même, conscient de faire son possible pour rendre les siens heureux et pour accomplir son devoir vis-à-vis des siens et vis-à-vis de ses employeurs.

N'était-ce pas ridicule de s'en vouloir parce qu'il avait surpris des bruits, des voix, des mots révélateurs d'un monde insoupçonné ?

Il se souvenait d'un camarade, à l'école du Kremlin-Bicêtre où, dans une des classes, il avait eu son père comme instituteur. Ce camarade était le seul garçon roux de la classe et on prétendait qu'il sentait mauvais parce que son père était éboueur. Il était plus grand, plus large d'épaules que les autres, le visage piqueté de taches de son.

— Tu as déjà vu ton père monter sur ta mère, toi ?

Émile avait rougi. Il devait avoir huit ou neuf ans et sa mère vivait encore. Certes, il savait que les enfants ne naissent pas dans les choux, mais ses connaissances restaient fort incomplètes et il préférait ne pas en apprendre davantage.

Cela le gênait, en pensant à sa mère, d'imaginer certains gestes dont parlaient à mi-voix ses condisciples.

— Ils ne le font pas, avait-il répondu. Sinon, j'aurais des frères et des sœurs.

L'autre s'appelait Ferdinand.

— Tu crois ça ? Eh bien, mon vieux, tu es encore naïf ! Moi, j'ai vu faire mes vieux. Je regardais par le trou de la serrure. Les parents, ce sont des gens comme les autres. D'abord, ce n'est pas mon père qui a commencé, mais ma mère.

Émile avait honte d'écouter et pourtant il brûlait de poser des questions. Il avait fini par balbutier, en se haïssant lui-même :

— Elle était déshabillée ?

— Tu parles qu'elle était déshabillée ! Je vais te dire...

C'était un de ses plus mauvais souvenirs et il avait mis des années, sinon à l'oublier, tout au moins à le chasser de sa mémoire pour de longues périodes.

Quand, le soir de leur mariage, il s'était trouvé seul avec Blanche dans une chambre d'hôtel de Dieppe, il s'était soudain souvenu des parents de Ferdinand et cela avait failli gâcher leur nuit de noces.

Maintenant encore, certains soirs, avant de se coucher, il accrochait un vêtement ou une serviette à la poignée de la porte afin de couvrir la serrure, car il pensait malgré lui à leur fils.

Blanche s'en était-elle aperçue ? Était-ce devenu pour elle une sorte de signal ?

Il était honnête, naturellement pudique, et, naturellement aussi, il s'efforçait d'être aimable envers chacun.

Est-ce que cela ne lui avait pas réussi ? Il avait connu des périodes difficiles, certes, en particulier quand, à peine sorti du lycée, il avait travaillé chez M. Depoux, le notaire de Bicêtre, dont la maison en pierre de taille se dressait à deux rues de chez eux.

Parce qu'il avait passé son bac avec succès, il s'était imaginé qu'on allait lui confier des besognes intéressantes et on le traitait comme un simple garçon de bureau, voire comme un saute-ruisseau.

C'était lui qui allait chercher le courrier dans la boîte postale, timbrait les lettres, remettait les classeurs sur leurs rayons. M. Depoux avait une maladie de cœur et, par crainte de provoquer une attaque, marchait à pas feutrés, comme sans remuer d'air, parlait à voix basse.

— Monsieur Jovis, vous avez encore oublié de vider mon panier à papier. Quant à mon verre d'eau, je désespère de vous voir me l'apporter à dix heures précises. Il est dix heures deux minutes.

Le verre d'eau qui l'aidait à avaler une des pilules qu'il prenait tout au long de la journée...

— À quoi pensez-vous, monsieur Jovis ?

— Je ne sais pas, monsieur.

— Je vous paie pour penser à votre travail et non pas pour rêver.

Il avait un coin obscur dans un bureau, déjà mal éclairé, où deux clercs s'affairaient, et les clercs n'avaient pas plus de considération pour lui que le notaire.

— Cours m'acheter un sandwich au jambon, Demi-Lune...

C'était heureusement la seule époque de sa vie où on lui ait donné un sobriquet ridicule. Il avait le visage large, c'était vrai ; sa peau était pâle et mate ; son nez, trop petit, semblait mou.

— Tu as l'air d'une lune, lui avait-on dit deux ou trois fois au lycée.

Chez M. Depoux, il était devenu Demi-Lune, et Dieu sait si ce n'est pas à causc dc ça qu'il avait épousé une femme presque laide.

Car Blanche avait un visage banal, plutôt ingrat, sans éclat, comme on en rencontre tant dans les rues des faubourgs et comme on en voit à la sortie des usines.

Orpheline, elle était élevée par une tante, au Kremlin-Bicêtre, et ne se plaignait jamais de son sort. Sa tante, couturière, vivait dans un logement exigu au-dessus d'une charcuterie.

À quinze ans, Blanche était entrée comme vendeuse, plutôt comme bonne à tout faire, à l'épicerie Peloux.

Jovis y allait souvent faire des achats. Il avait été frappé par son calme, par une sorte de sérénité qui émanait d'elle. Dès qu'on lui adressait la parole, elle souriait, d'un sourire timide qui suffisait à la rendre presque jolie.

Il avait travaillé ensuite chez Gagnaire et Charat, la maison d'exportation de la rue du Caire, et, le soir, il suivait des cours de comptabilité.

Il les suivait encore, en même temps que des cours d'anglais et d'espagnol, après leur mariage, quand ils s'étaient installés rue des Francs-Bourgeois.

Il ne devait rien à la chance. Il avait beaucoup travaillé. Blanche aussi, pour ainsi dire depuis son enfance.

Il se refusa un troisième vin blanc qui le tentait mais qui aurait constitué un accroc à ses principes. Déjà, il s'en voulait d'en avoir pris deux, au lieu de se contenter d'une tasse de café.

— Je vous dois, garçon ?

Il pouvait laisser sa voiture où elle était. Il était difficile de trouver une place plus près de la Bastille.

Il marcha le long des grilles de la place, puis franchit la rue du Pas-de-la-Mule, tourna à droite boulevard Beaumarchais et regarda un instant les pipes à un étalage. Depuis un certain temps, il pensait à abandonner la cigarette pour fumer la pipe, mais il craignait d'être ridicule.

L'agence de voyages se situait entre un restaurant et une banque. Ici aussi, tout avait changé en quelques années. M. Armand, le fils de Louis Barillon, avait des idées plus modernes que son père et on avait transformé façade et locaux qui étaient maintenant clairs et brillants.

C'était à lui, avec une clef de son trousseau, de lever le volet de fer et d'ouvrir la porte principale, en verre épais, qui s'ouvrait dès qu'un client s'en approchait.

Les trois employés arrivaient bientôt, puis Mlle Germaine, la dactylo, qui, invariablement, chaque matin, commençait par s'enfermer dans les toilettes.

— Bonjour, monsieur Jovis.

— Bonjour, Remacle.

— Bonjour, monsieur Jovis.

— Bonjour, petit.

Car le dernier venu, qui s'appelait Dutoit, n'avait que dix-sept ans et mesurait à peine un mètre soixante.

— Bonjour, monsieur Jovis.

— Bonjour, monsieur Clinche…

À celui-ci, il disait monsieur, car Clinche avait dépassé la cinquantaine. C'était lui, en fait, qui, par rang d'ancienneté, aurait dû prendre la direction de l'agence de la Bastille.

M. Armand avait été cruel avec le vieil employé.

— Je regrette, Clinche, mais c'est impossible de vous laisser accueillir les clients importants. Que viennent-ils acheter, les clients ? Qu'est-ce que nous leur vendons ? Des vacances ! Autrement dit, de la joie. Or, sans vouloir vous vexer, votre visage est plutôt lugubre.

C'était vrai. Le pauvre Clinche, non seulement avait l'estomac descendu, mais encore souffrait d'un ulcère et, comme le notaire de Bicêtre, passait ses journées à avaler des pilules ou des comprimés.

— Vous occuperez la pièce du fond et c'est vous qui assurerez le contact avec le bureau central.

Les Voyages Barillon dataient de quatre-vingts ans, fondés par le grand-père de M. Armand, boulevard Poissonnière, où se trouvait toujours la maison mère.

On ne parlait pas alors de croisières ni d'avions et les Voyages Barillon s'occupaient surtout de prendre les bagages à domicile et de les acheminer vers leur point de destination.

Aujourd'hui, selon le mot de M. Armand, six agences dans Paris, dont une aux Champs-Élysées, vendaient des vacances et, contrairement à ce que l'on aurait pu croire, celle de la Bastille n'était pas la moins occupée.

Quinze jours en Grèce… Croisières dans le Proche-Orient avec escales à Naples, Athènes, Istanbul, Tel-Aviv, Beyrouth… L'Espagne, les Baléares ou, en bateau de luxe, les fjords de Norvège, le cap Nord et le Spitzberg.

Le téléphone n'arrêtait pas de sonner. Plusieurs appareils étaient dispersés sur le comptoir où l'on voyait, sous le verre épais, des cartes aux couleurs vives.

— En autocar ?… C'est possible, oui, mais il faudra changer à Rome… Dutoit… Passez-moi l'horaire des cars Rome-Brindisi... Un instant... Vous en avez deux par jour, un de bon matin qui arrive à...

On jonglait avec les noms étrangers, avec les heures, avec les chiffres, les francs, les lires, les pesetas, les dinars...

— *Yes, sir... We have your reservation... If you don't mind coming this afternoon...*

À gauche, à droite, Remacle et Dutoit remplissaient des imprimés, répondaient, eux aussi, à des appels téléphoniques.

— Qu'est-ce que c'est, petit ?

— Une dame qui demande si les Baléares sont moins chères que la Sardaigne...

— Cela dépend... Je vais lui répondre... Demande-lui d'attendre un instant...

Jovis était à son affaire. Il connaissait par cœur les horaires de tous les avions, les dates de départ de toutes les croisières. Le mois de mai avait été le plus chargé, mais il restait beaucoup de retardataires qui n'étaient pas encore fixés sur l'endroit où ils désiraient se rendre.

— Asseyez-vous, monsieur. Je suis à vous dans un instant...

De l'autre côté du comptoir, il y avait des fauteuils de vrai cuir, deux tables rondes dont le dessus en verre était couvert de dépliants.

Jovis disposait d'un bureau privé où il recevait les clients importants.

— Clinche, voulez-vous téléphoner boulevàrd Poissonnière pour savoir s'il leur reste deux cabines de pont à bord du *Santa-Clara*...

Les moments creux étaient rares. On voyait des gens hésiter devant la vitrine, des couples se consulter à mi-voix. Généralement, la femme s'avançait la première vers la porte qui s'ouvrait devant elle et faisait alors signe à son mari de parler.

— Je voudrais savoir si, en Yougoslavie, les hôtels sont propres et si on peut se faire comprendre en français.

Des flots de voitures passaicnt. Puis soudain, à l'apparition du feu rouge, la chaussée se vidait et les piétons s'élançaient en courant.

— Oui, monsieur... Le directeur de l'agence à l'appareil...

Il n'avait que trente-cinq ans et il était directeur. Pas des Voyages Barillon, certes, mais de l'agence de la Bastille. Il n'en avait pas moins parcouru un long chemin depuis l'étude de maître Depoux, qui avait fini par mourir à quatre-vingts ans.

— Trois enfants de moins de dix ans ?... Personnellement, je ne vous conseille pas un palace, mais plutôt un hôtel familial où les jeunes soient bien accueillis... Quant au bord de mer, il vaut mieux éviter les côtes rocheuses...

Il était à son affaire, se sentait vraiment quelqu'un, pensait avec une tendresse protectrice à Blanche, restée dans leur nouvel appartement, à Alain qui passait ses dernières semaines à Charlemagne.

Pourquoi se préoccuper de ce que faisaient les voisins ?

— Le directeur, oui... Je vous écoute... Je n'avais pas reconnu votre voix, monsieur Chamloup... Tout est arrangé, oui... J'ai pu vous grouper tous dans le même compartiment et vos chambres d'hôtel sont porte à porte... Quand vous voudrez... Tout le plaisir sera pour moi...

2

Alain franchit la porte de verre un peu avant cinq heures et demie et alla s'asseoir dans un des fauteuils inoccupés, sans saluer son père. Il avait dû faire ses devoirs et étudier ses leçons au lycée car il laissa tomber sur la moquette, à côté de lui, sa serviette avachie d'être toujours trop bourrée.

Retenu au téléphone, Émile Jovis l'observait et, comme cela lui arrivait souvent, ressentait un pincement. Certes, Alain était presque beau. S'il avait le visage large des Jovis, il n'avait pas hérité du petit nez ridicule, ni des yeux à fleur de tête. Ses yeux étaient ceux de sa mère, bruns à paillettes dorées, au regard doux, paisible en apparence.

Chez le gamin, il y avait pourtant un côté mystérieux. Il observait tout autour de lui, y compris son père, sans qu'on puisse deviner ce qui le frappait, ce qui l'intéressait particulièrement.

Émile se demandait souvent comment son fils le voyait. Quelle opinion il avait de lui. Il était content d'être vu sous son jour actuel : affairé, compétent, rapide, désinvolte, connaissant son métier sur le bout des doigts, passant d'une langue à l'autre, aimable avec les clients, mais jamais obséquieux.

Il avait parcouru un long chemin depuis l'étude du notaire Depoux. Pendant des années, il avait sacrifié presque toutes ses soirées et une partie de ses nuits à l'étude. Résultat : depuis trois ans, ils avaient une voiture ; depuis deux jours, ils habitaient un appartement neuf et confortable.

Alain n'aurait-il pas pu, de temps en temps, exprimer une certaine admiration ? Peut-être pas de l'admiration mais… comment dire ?… de la considération.

Simplement se rendre compte de la position qu'il occupait à présent, comme le petit Dutoit, par exemple, qui s'émerveillait toujours.

— Je me demande comment vous faites, monsieur Jovis. Vous n'avez jamais l'air de leur forcer la main. Pourtant, vous seriez capable d'envoyer faire le tour du monde à des retraités qui vous demandent un petit hôtel pas cher sur la côte de la Manche…

Entre deux clients, il passa près de son fils.

— Ce ne sera plus long.

— J'ai tout le temps.

Rue des Francs-Bourgeois, déjà, Alain avait peu d'amis. Parfois on le voyait marcher dans les rues avec un camarade. Ils ne se parlaient guère, ne se retournaient pas sur les filles.

— Qui est-ce, ton nouvel ami ?

— Ce n'est pas un ami. Juste un copain, Julien.

— Julien qui ?

— Masereau.

— Il habite le quartier ?

— Rue de Turenne.

— Tu es allé chez lui ?

— Non.

— Tu sais ce que fait son père ?

— Non.

Cela ne l'intéressait pas. Cette question le surprenait toujours, comme si les pères ne comptaient pas, comme si leur activité n'avait rien à voir avec la vie des enfants.

Dans la voiture, un peu plus tard, après avoir fermé les volets de fer de l'agence, Jovis essaya d'engager la conversation.

— Tu as bien travaillé, aujourd'hui ?

— Je ne sais pas.

— Il ne faisait pas trop chaud en classe ?

— Les fenêtres sont restées ouvertes. Avec les bruits de la rue, on entendait à peine le professeur.

Des professeurs, il ne disait presque rien non plus. On savait seulement que le professeur de latin était assez âgé et qu'il se mouchait bruyamment.

— Vous le chahutez ?

— Quand on s'ennuie, on se mouche les uns après les autres, puis tous ensemble.

— Comment réagit-il ?

— Il ne réagit pas. Il se mouche à son tour. Il dit :

» — Messieurs, lorsque vous aurez fini, je continuerai mon exposé.

— Tu ne crois pas que vous le rendez malheureux ?

— Il est habitué.

— Et les autres professeurs ?

— Ils ne sont pas mal.

Est-ce que Jovis, lui aussi, aux yeux de son fils, était « pas mal » ? Il ne pouvait pas se plaindre d'Alain. S'il n'étudiait pas beaucoup, il n'en avait pas moins de bonnes notes et était un des meilleurs élèves de sa classe. À la maison, il restait calme, plutôt trop calme, lisait la plupart du temps, couché par terre dans le living-room ou à plat ventre sur son lit.

— Pourquoi ne vas-tu pas prendre l'air ?

— Parce que je n'en ai pas envie.

Avait-il, avec sa mère, quand Émile n'était pas là, des contacts plus étroits ? Jovis n'osait pas le demander à sa femme. Tout au plus lui posait-il de petites questions insidieuses.

— Il te parle de ses camarades, à toi ?

— C'est rare.

— Tu ne le trouves pas un peu secret ?

— Je suppose que tous les enfants sont comme lui à un certain âge.

N'était-ce pas le caractère de Blanche ? Son mari avait-il jamais su ce qu'elle pensait au fond d'elle-même ? Elle ne se plaignait de rien, même quand ils étaient plutôt pauvres. À cette époque-là, avant la naissance d'Alain, elle avait fait de la couture pour des voisines et elle travaillait le soir pendant qu'il étudiait la comptabilité et les langues.

Elle ne se disait jamais lasse. Jamais elle n'avait un avis différent du sien.

Fallait-il en conclure qu'elle était invariablement d'accord avec lui ou alors qu'elle était résignée ?

Ils s'aimaient bien, tous les deux. Quand il pensait à elle, c'était avec tendresse et, dans cette tendresse, entrait une part de pitié.

Elle n'avait connu ni son père ni sa mère, « tués dans un accident de train » quand elle était très jeune. C'était l'histoire officielle, celle qu'on racontait aux gens quand ils posaient des questions.

La vérité était différente, même s'il y était aussi question de train. Son père, ouvrier agricole, buvait beaucoup et se montrait brutal avec sa femme. Ils habitaient un triste village du Nord, Sainte-Marie-le-Clocher, dont Raoul Chadieu était la terreur car, chaque samedi, à l'estaminet, il s'enivrait plus que les autres jours et cherchait la bagarre.

Un jour, sa femme et lui étaient allés à Lille par le train, tandis que Blanche, qui avait à peine deux ans, était confiée à une voisine.

Au retour, Chadieu, pris de boisson, s'était mis en colère, et quelque part, parmi les champs de betteraves, il avait poussé sa compagne par la portière.

Elle était morte sur le coup.

— C'est elle qui a sauté... Je me demande ce qui lui a passé par la tête... Elle a toujours été un peu folle...

Des témoignages n'en avaient pas moins établi que Chadieu l'avait projetée sur le ballast. De la gendarmerie, il était parvenu à s'enfuir. On avait organisé une chasse à l'homme et il avait tenu bon trois jours dans les bois. S'il avait fini par se rendre, c'est parce qu'il était affamé.

Trois ans plus tard, il s'était suicidé en prison.

Blanche avait été élevée dans le logement étouffant de sa tante, Joséphine Bouillet, couturière, qui peut-être était un peu folle aussi.

— Ta mère doit être heureuse de ranger nos affaires dans le nouvel appartement.

— Sans doute.

Alain n'était guère affirmatif. Au fond, cela ne l'intéressait pas. Le matin, il y avait encore des ballots de linge et d'objets divers dans les pièces.

Il fallait que chaque chose prenne sa place, qu'on trouve de nouveaux gestes, qu'on s'accoutume à une nouvelle lumière, à de nouveaux bruits, à d'autres décors.

— Est-ce que tes camarades te parlent de ce qu'ils feront plus tard ?

— Quelques-uns. Pas beaucoup.

— Ils ne savent pas ?

— Il y en a qui savent. Ceux qui reprendront le commerce de leur père.

— Et les autres ?

— J'en connais un qui veut devenir chimiste.

— Et toi ?

— Je verrai quand il sera temps.

Alain regardait vaguement le trafic de l'autoroute qui lui était familier, car il leur arrivait d'aller le dimanche en forêt de Fontainebleau.

Était-ce l'âge qui provoquait chez lui cet engourdissement ou cela tenait-il à son caractère, à une indifférence foncière pour tout ce qui l'entourait ?

Quand ils atteignirent Clairevie, quelques enfants jouaient dans les rues neuves où de tout jeunes arbres ployaient au gré de la brise. Des avions passaient, montant presque en flèche dans un ciel sans nuages.

Le vieillard à la pipe et aux yeux rouges était à sa place, dans le cadre de sa fenêtre, comme un objet inerte qui faisait partie du décor. Il ne paraissait rien voir. Était-il aveugle ? Peut-être le mettait-on à cette place, un certain nombre de fois par jour, pour qu'il prenne l'air ?

Presque toutes les fenêtres étaient ouvertes et on entendait de la musique, des voix, à la radio, qui égrenaient les nouvelles, une mère en colère qui glapissait littéralement et dont on aperçut un instant les cheveux défaits. Le bruit d'une gifle ponctua son discours et la voix, comme apaisée, conclut :

— Tu ne l'as pas volée !

Il regarda son fils. Celui-ci, qui n'avait jamais reçu de gifles de sa vie, ne bronchait pas, ne s'indignait pas, ne manifestait aucune pitié pour l'enfant.

— J'aime cette entrée, disait Jovis en franchissant la double porte de verre, comme place de la Bastille, à la différence que les portes, ici, ne s'ouvraient pas automatiquement.

On se trouvait dans un hall dallé de marbre. Il n'y avait pas de concierge. Trois rangs de boîtes à lettres garnissaient un des murs, avec le nom des locataires et le numéro des appartements. Au-dessus de chaque boîte, un bouton de sonnerie, près d'un trou de trois ou quatre centimètres recouvert d'un grillage nickelé.

— On sonne ?

Cela amusait Émile, pas Alain. Il poussait le bouton. Un peu plus tard, on entendait un bourdonnement, puis une voix, celle de Blanche.

— J'ai vu la voiture, disait-elle. Je sais que c'est vous deux.

— Tu reconnais ma voix ?

— Bien sûr.

— Qu'y a-t-il pour dîner ?

— Des coquilles Saint-Jacques.

— On monte.

Un ascenseur doux et rapide, qui ne tremblotait pas comme dans la plupart des immeubles de Paris. Rue des Francs-Bourgeois, où ils habitaient le troisième étage, il n'y avait pas d'ascenseur et l'escalier était sombre, toujours sale, avec des odeurs différentes à chaque palier.

Il embrassa sa femme au front, retira son veston, s'assit à table tandis qu'Alain envoyait sa serviette à travers le living-room. Les ballots n'étaient plus dans les coins. Les meubles avaient légèrement changé de place et les lithographies étaient accrochées aux murs.

— C'est bien comme ça ? Je ne savais où mettre la Bataille d'Austerlitz. En fin de compte, j'ai pensé que tu aimerais l'avoir dans notre chambre.

Il préféra ne pas lui dire qu'il faudrait tout changer, à commencer par les meubles, qu'ils avaient achetés petit à petit, la plupart chez des brocanteurs ou à des ventes. Ils étaient disparates, trop lourds, trop sombres pour un appartement moderne, et les lithographies étaient piquetées de points jaunes ou bruns.

Il savait ce qu'il avait envie d'acheter : des meubles scandinaves, en bois clair, de lignes simples. On en parlerait plus tard, quand Blanche et Alain auraient eu le temps de s'habituer à Clairevie.

— On est venu pour la télévision ?

— Oui. Elle marche, avec seulement un frémissement de l'image quand un avion passe trop bas.

— Rue des Francs-Bourgeois, tout se brouillait chaque fois qu'on mettait une moto ou un vélomoteur en marche dans la rue.

Il refusait qu'on lui abîme son appartement, s'efforçait coûte que coûte de garder son enthousiasme, même si celui-ci était devenu artificiel.

— À propos, j'ai rencontré la femme du gérant, Mme Lemarque.

— Elle t'a rendu visite ?

Le gérant habitait l'immeuble d'en face, les Glycines, car chaque bloc portait un nom de fleur au lieu d'un numéro. Eux habitaient les Primevères.

— Comment est-elle ?

— C'est une femme bien, qui sait ce qu'elle veut. J'étais au self-service quand elle s'est présentée à moi.

» — Vous êtes bien madame Jovis, je crois ?

Blanche avait dit oui, non sans se troubler, car elle était timide et rougissait facilement.

— Mon mari m'a parlé de vous et de M. Jovis. Il paraît que vous avez un grand fils qui est au lycée. Nous avons, nous, un fils et une fille, mariés tous les deux, de sorte que, telle que vous me voyez, je suis grand-mère.

Alain mangeait avec l'air de ne pas écouter.

— Je peux reprendre une coquille Saint-Jacques ?

— À moins que ton père…

— Non, merci. J'en ai suffisamment.

— Elle m'a demandé si je travaillais. Je lui ai répondu que non. Elle a voulu savoir aussi si vous rentriez déjeuner puis elle s'est exclamée :

» — Ma pauvre ! Qu'allez-vous faire de vos journées ? Avec les aspirateurs, les machines à laver et tous les appareils modernes, une femme a vite terminé son ménage…

— Que t'a-t-elle proposé ?

— Ils ont installé une crèche-garderie aux Bleuets, près de la rotonde. On y garde les enfants de six mois à cinq ou six ans dont la mère travaille à Paris ou ailleurs. Pour le moment, ils sont une trentaine. L'hiver prochain, on en prévoit davantage, car tous les appartements seront vendus.

» Ils n'ont qu'une personne, pour s'en occuper, Mme Chartrain, la femme d'un représentant en vins qui est presque toujours absent et qui n'a pas d'enfant…

— Je suppose que Mme Lemarque t'a proposé…

— Elle m'a demandé si j'accepterais de travailler environ six heures par jour, trois heures le matin et trois heures l'après-midi. Ce n'est pas payé très cher, six cents francs par mois.

— Qu'as-tu répondu ?

— Que je t'en parlerais.

— Qu'aimerais-tu faire ?

— Tu sais que j'adore m'occuper des enfants, surtout des bébés.

Elle jeta un bref coup d'œil à Alain, qui ne bronchait pas mais était plutôt renfrogné. Dès l'âge de cinq ans, il s'était plaint de n'avoir ni frère ni sœur.

— Tous mes camarades en ont. Pourquoi est-ce que, moi, je n'en ai pas ?

Blanche et Émile ne pouvaient guère lui répondre. Ce n'était pas leur faute s'il restait enfant unique. À la suite de ses couches, Blanche avait fait une fièvre puerpérale qui avait tourné au pire et on avait dû l'opérer.

Ce sujet était revenu souvent dans la bouche du garçon, jusqu'à ses dix ans environ, et, depuis, il n'en était plus question. On aurait dit qu'il savait.

— C'est vrai qu'ici je n'aurai pas beaucoup de travail. Et six cents francs de plus par mois…

— Nous en reparlerons.

À huit heures, le soleil restait visible à l'ouest, d'un beau rouge.

— Nous allons faire un tour ? proposa Émile.

— Comme je suis ?

— Bien entendu. Juste flâner dans les rues. Tu nous accompagnes, Alain ?

— Non. J'ai mon feuilleton sur la deuxième chaîne.

Il fallait s'habituer aussi à une nouvelle terminologie. Ici, on ne disait pas rues, mais avenues, bien que ce ne fussent encore ni des rues ni des avenues. Cela ne formait pas un village, ni non plus une ville, et on ne pouvait guère, sans déchoir, parler de lotissement.

L'air était doux et Blanche avait accroché sa main au bras de son mari. Ensuite, elle l'avait timidement retirée.

— Pourquoi me lâches-tu ?

— Je ne sais pas. On nous regarde.

C'était vrai. Et c'était une sensation étrange. Ils étaient les seuls à errer à pas lents entre les rangs d'immeubles neufs.

Sur presque tous les balcons on voyait des hommes, des femmes, qui la plupart ne faisaient rien.

On ne disait pas balcon non plus. Sur les plans, c'était le mot terrasse qui figurait. Certaines étaient déjà garnies de fleurs, surtout de géraniums dans des bacs rectangulaires en ciment.

Quelques hommes lisaient. Une grosse femme en robe à fleurs mangeait des bonbons dont elle avait déposé le sachet sur la balustrade à côté d'elle.

Le vieillard aux yeux rouges n'était pas à sa place. On avait dû le rentrer comme on rentre le linge qui a séché au soleil.

Ils parlaient peu, impressionnés malgré eux, et ils atteignirent ainsi la frontière. Les bâtiments cessaient. La route n'était plus cimentée. Un grand trou marquait l'emplacement de la future piscine, un bulldozer, des pelles mécaniques qui ressemblaient à de monstrueux insectes à l'affût.

Le chemin de terre traversait un terrain vague et, à cent mètres environ, du blé moutonnait sous le soleil couchant.

Étaient-ils tristes, tous les deux ?

— On rentre ? demanda-t-elle.

Il eut l'impression qu'elle avait eu un frisson. Lui-même ne se sentait pas à son aise. Il était un peu perdu, sans rien de solide autour de lui, comme, enfant, le soir, quand on l'envoyait faire une commission et qu'il courait dans les rues désertes.

— Que penses-tu de la proposition ?

Il ne comprit pas tout de suite.

— Ah ! Le travail à la crèche.

— La crèche-garderie. Il n'y a pas que des bébés.

— Tu aimerais y aller ?

— Je crois que oui.

Elle devait faire un effort pour répondre de la sorte.

— À cause des six cents francs ?

— À cause de cela aussi. À cause de tout. Je me dis que Mme Lemarque a peut-être raison...

Il en eut un pincement au cœur. Il ne s'agisait pas d'une trahison, bien sûr. Le mot était trop gros. Mais n'était-ce pas comme si, à peine installés, Blanche désertait leur nouvel appartement ?

C'était à elle, surtout, qu'il avait pensé en l'achetant, à elle qui était censée y passer ses journées. Il avait voulu la placer dans un cadre clair et gai, lui fournir le maximum de confort.

En vérité, surtout depuis que les bureaux de la Bastille avaient été modernisés, il avait pris la rue des Francs-Bourgeois en grippe, le couloir obscur, les boutiques qui répandaient leurs fortes senteurs, l'escalier où on risquait toujours de dégringoler, les papiers peints douteux...

Elle lui jeta un bref coup d'œil.

— Cela te contrarie ?

— Non. Pourquoi cela me contrarierait-il ? Comme tu dis, Mme Lemarque doit avoir raison. En qualité de femme du gérant, elle a dû être une des premières à habiter Clairevie.

— La première, elle m'en a parlé. C'était l'hiver. On a dû arrêter les travaux à cause de la neige et les tuyauteries étaient gelées…

Les deux femmes avaient donc bavardé assez longtemps. De quoi avaient-elles encore parlé ? Cela viendrait petit à petit, dans quelques jours.

Il pensait à ses meubles scandinaves. Était-ce bien la peine ? Et, s'il y tenait tant, s'il était pressé de faire table rase de leurs vieilleries, n'était-ce pas pour lui-même ?

Ils avaient tourné en rond et il regardait la trouée entre les hauts immeubles, le vert pâle des arbres minuscules, les façades que l'ombre rendait d'un gris pâle dans le bas tandis que le soleil couchant teintait les derniers étages de rose.

— Va voir demain comment cela se présente.

— Ce n'est pas aussi urgent. J'ai encore des choses à ranger.

Elle battait en retraite, peut-être parce qu'elle n'était pas sûre d'elle, peut-être pour lui complaire.

— À quoi bon attendre ? murmurait-il en allumant une cigarette.

Quand ils rentrèrent, à neuf heures moins le quart, Alain ne se trouvait plus dans le living-room, où la télévision était éteinte, et il n'était pas non plus dans la cuisine à manger quelque chose devant le réfrigérateur.

Une demi-obscurité régnait dans sa chambre où il s'était mis au lit et des livres et des cahiers restaient épars sur sa table.

Il se couchait d'habitude à neuf heures, mais il lui arrivait d'avoir un coup de fatigue et de s'étendre à n'importe quel moment. C'était, parfois, une manière de protestation, une forme de bouderie.

— Ça va, fils ?

Il répondit par un mouvement de la tête.

— Bonne nuit, Alain.

— Bonne nuit.

On ne pouvait jamais savoir. Émile les aurait tellement voulus heureux tous les deux ! Il avait contracté une dette envers eux. Il les avait pris en charge. Blanche et Alain dépendaient de lui. La moindre humeur de leur part devenait une critique à son égard et, s'il leur arrivait un jour d'être vraiment malheureux, ce serait pour lui une faillite.

Il ne savait que faire en attendant dix heures. Il avait lu le journal dès le matin. Blanche, elle, avait toujours à ranger, des chaussettes à repriser, des boutons à recoudre.

Il alla sur la terrasse et regarda la nuit tomber, les lampes s'allumer dans les appartements d'en face. Certains locataires ne baissaient pas leurs volets et gardaient la fenêtre ouverte. Il voyait des silhouettes aller et venir sous des lustres qu'il ne connaissait pas, parmi des meubles qui lui étaient étrangers mais qui, à eux, étaient familiers.

À certain moment, il découvrit ainsi trois intérieurs à la fois, à des étages différents. À un mètre à peine au-dessus des plafonds du troisième étage s'agitaient les pieds des locataires du quatrième. Cela ressemblait à une sorte de ballet muet. On aurait pu jouer à deviner les mots qu'articulaient les lèvres en mouvement.

Une femme en peignoir jaune sortait d'un living-room et en revenait bientôt avec un bébé en larmes sur le bras.

Elle le berçait tout en marchant tandis que son mari continuait à lire un hebdomadaire illustré. Elle lui disait quelque chose et le mari se levait précipitamment, lui prenait l'enfant des bras, arpentait à son tour la pièce en chantant une chanson qu'on n'entendait pas.

Le couple était jeune, maladroit. La lampe de la cuisine s'allumait et la femme mettait de l'eau à bouillir pour stériliser un biberon.

Ils avaient joué, Blanche et lui, avec Alain dans le rôle du bébé, la même pantomime, dans leur logement de la rue des Francs-Bourgeois, et Jovis se demandait maintenant si des gens les observaient de la maison d'en face.

En bas, c'était une poissonnerie. En face, il s'en souvenait, vivait un agent de police qui bouclait gravement son ceinturon avant chacune de ses sorties et qui, le soir, en civil, portait des pantoufles rouges.

Au troisième, une femme d'un certain âge attendait sa fille jusqu'à minuit et souvent plus tard, seule devant un guéridon recouvert de peluche.

Elle somnolait et on pouvait prévoir le moment où, s'assoupissant, elle laisserait tomber la tête de côté.

Avait-il tenté d'échapper à tout cela aussi en venant vivre à Clairevie ? Il fuma deux cigarettes coup sur coup. Il fumait peu. Au bureau, cela leur était interdit, sauf dans le petit local qui lui était personnel et où il se retirait parfois pendant quelques minutes. Le petit Dutoit, lui, allait fumer dans les lavabos.

— Tu ne sais toujours pas si tu auras une semaine de vacances en août ?

— Cela dépendra du temps. S'il est mauvais…

Et encore ! Beau temps ou mauvais temps, des dizaines de millions de gens allaient et venaient durant tout l'été et il avait à peine soufflé un peu qu'il fallait s'occuper des vacances de ski.

Ses vacances, comme ses collègues, il les prenait par morceaux, pendant les périodes plus ou moins creuses, ce qui l'empêchait presque toujours de les passer avec sa femme et son fils.

— Alain est déçu d'aller encore une fois à Dieppe.

— Je sais. Il voudrait aller en Espagne, ou en Grèce, en Yougoslavie. Malheureusement, là-bas, je ne pourrais pas vous rejoindre pendant les week-ends.

À cause de leur voyage de noces, ils restaient fidèles à Dieppe où ils se rendaient presque chaque année, toujours dans le même hôtel au-dessus de la falaise.

— Dans deux ou trois ans, il voyagera seul.

Blanche s'effara.

— À quinze ans ! Il vient tout juste d'avoir ses treize ans...

— Si tu savais le nombre de voyages que j'organise pour des jeunes gens et des jeunes filles de cet âge...

Alain était à peine au collège qu'ils envisageaient le bac, puis Dieu sait quoi, son envol pour quelle destinée ?

— Je suis un peu fatiguée. Si nous nous couchions ?

— Je viens tout de suite.

Il se déshabilla, se brossa les dents, tourna le bouton d'un transistor qu'il gardait dans la salle de bains pour écouter les dernières nouvelles. La porte était restée ouverte entre la chambre et la penderie. Blanche se dévêtait de son côté, sans fausse pudeur, sans coquetterie, un peu à la façon d'une sœur.

À peine couchée sous le drap, elle s'endormirait. Et lui, il le savait d'avance, il allait encore s'efforcer de chasser le sommeil afin d'entendre les bruits d'à côté.

— Bonsoir, Émile.

— Bonne nuit, Blanche.

Sans savoir au juste pourquoi, il la serra un instant contre lui. Il se sentait en reste vis-à-vis d'elle. Elle avait été brave. Elle n'avait pas laissé voir que le nouveau cadre dans lequel il avait transplanté la famille la déroutait, qu'elle avait un peu peur.

— Tout s'arrangera, tu verras !

— Mais oui ! Tout est déjà arrangé.

Elle ajouta :

— Merci, Émile.

Merci de quoi ? Elle était comme un chien qui remercie d'une simple caresse et il se demandait s'il lui donnait assez souvent l'occasion de le faire.

L'avant-dernière nuit, la scène, dans l'appartement voisin, avait duré une heure à peine. Il n'avait rien vu. Il ne connaissait pas les protagonistes, qui n'étaient pour lui que des voix.

Cependant, il en était marqué. Cela comptait autant pour lui que le récit que lui avait fait un matin, dans la cour de l'école communale, son camarade Ferdinand, celui qui regardait par la serrure ses parents faire l'amour.

— Je te dis que non ! C'est ma mère qui a commencé, protestait Ferdinand quand Jovis, instinctivement, voulait voir la femme dans le rôle de victime ou tout au moins dans un rôle passif. Elle était toute nue.

Le ronronnement de Blanche commençait, paisible, régulier. Elle dormait sur le dos, les lèvres entrouvertes.

C'était la femme aussi, à côté, qui avait commencé, mais rien ne s'était passé comme il aurait été capable de l'imaginer.

Parfois, très rarement, surtout l'été, quand Blanche était à Dieppe et qu'il ne la rejoignait qu'en fin de semaine, il lui arrivait, le soir dans son lit, de laisser libre cours à son imagination. Il ne le faisait pas exprès. À peine s'y complaisait-il, cherchant plutôt à chasser les images érotiques qui lui venaient à l'esprit.

C'était d'ailleurs un érotisme presque chaste. Avant son mariage, il n'avait connu que quelques expériences, qui avaient toutes été décevantes.

Au fond, il ne concevait pas l'amour physique sans tendresse, ni même sans une certaine estime, et il était resté froid devant les professionnelles qu'il lui était arrivé d'accompagner.

Ce qui l'avait attiré vers elles, ce n'était pas tant le désir que la trouble atmosphère qui les entourait. Cela se passait, entre autres, près du boulevard Sébastopol, dans les rues étroites qui entourent les Halles. La plupart du temps, il y avait un globe jaunâtre, faiblement lumineux, à la porte de l'hôtel, une ou deux femmes en chemisier rouge, vert, en tout cas de couleur criarde, qui interpellaient les passants.

Il allait droit son chemin, mais n'en devinait pas moins l'allée étroite, l'escalier qui craquait, la chambre avec son lit de fer, son évier ou sa cuvette.

Il lui était arrivé de tourner en rond pendant une heure, honteux, avant de foncer dans un de ces corridors en bousculant presque la fille debout sur le seuil.

— Tu es pressé ?

Depuis son mariage, c'est-à-dire depuis quinze ans, cela ne lui était arrivé qu'une seule fois.

Une fois aussi, toujours au mois d'août, alors qu'elle était arrivée au bureau tout de suite après lui, il avait laissé glisser sa main sur la croupe de Mlle Germaine, sa dactylo. Elle avait une quarantaine d'années et vivait seule avec sa mère. Joseph Remacle, assez vulgaire, la plaisantait sur sa virginité indestructible et s'amusait de se voir foudroyer du regard.

Le geste de Jovis avait dû la surprendre, car il y avait des années qu'ils travaillaient ensemble. Pourtant, elle avait à peine tressailli et elle l'avait regardé d'un œil qui n'exprimait aucun reproche – au contraire, aurait dit Remacle.

Il avait eu peur qu'elle le prenne au sérieux, se coule dans ses bras, lui témoigne désormais autre chose que de la camaraderie.

— Je vous demande pardon.

Heureusement que le petit Dutoit était entré en sifflant, sans chapeau, les cheveux ébouriffés comme à son habitude.

Ce soir, il le sentait, il ne s'endormirait pas. C'était un besoin de les entendre encore. Il voulait en savoir davantage sur eux. Il se demandait si cela se passait toutes les nuits de la même façon. Il avait découvert, en une heure, un univers nouveau, bien plus trouble, bien plus dramatique que les petites rues des Halles.

Il avait lu des romans où l'on parle de l'amour en termes vulgaires et où on décrit certaines situations scabreuses.

La réalité était tellement différente !

Et d'abord, que faisaient ces gens-là, l'homme et la femme ? Celle-ci était couchée depuis longtemps quand son compagnon était entré, car Émile ne l'avait pas entendue se mettre au lit. Il avait sa clef. C'était son mari ou son partenaire habituel.

Il était, pour autant que Jovis pouvait en juger, entre deux et trois heures du matin. L'homme poussait la porte assez bruyamment.

— C'est toi ?

— Qui cela pourrait-il être ? répliquait-il avec une joyeuse ironie.

— Walter aurait pu se relever.

— Walter dort.

— Tu es allé dans sa chambre ?

Qui était Walter ? Un mari ? Un fils ?

— Tu as passé tout ce temps au Carillon ?

Il allait et venait et le bruit d'un soulier sur le plancher indiqua qu'il se déshabillait.

— Comme qui dirait.

— Tu n'es pas allé ailleurs ?

Il sembla à Émile que ce n'était pas le ton d'une femme jalouse menant sa petite enquête. Il y avait autre chose qu'il n'arrivait pas à définir. Il est vrai que les voix ne lui parvenaient qu'à travers la cloison.

— Comme qui dirait… répétait le mâle pour qui cette formule semblait pleine de saveur.

— Il y avait du monde ?

— Assez. Mais pas de pigeon aujourd'hui.

Le mot pigeon l'avait frappé. Il n'ignorait pas le sens qu'on lui donne en argot mais, dans cette conversation, cela ajoutait comme un mystère.

— Alexa était là ?

— Tout entière.

— Saoule ?

— Pas à mort.

— Excitée ?

— Comme d'habitude.
— Tu es allé à côté avec elle ?
— J'en sors.
— D'à côté ?
— D'elle !
— Grosse bête !
— Tu me l'as demandé.
— Cela a duré longtemps ?
— Un peu moins qu'hier, heureusement.
— Qu'est-ce qu'elle t'a fait ?

Chaque réplique apportait une nouvelle énigme, car Jovis ne pouvait encore croire qu'il devait prendre les mots dans leur sens habituel. Ce n'était pas possible. Les gens ne parlent pas comme ça, surtout un couple, fût-ce dans une chambre à coucher.

— Laisse voir s'il y a des traces. Elle t'a mordu ?
— Elle ne peut pas faire autrement.

Il ne disait pas faire. Il employait un mot plus précis, qu'Émile n'avait jamais prononcé, qu'il osait à peine formuler en pensée.

— Et toi ?
— Il est venu.
— À quelle heure ?
— À trois heures, comme d'habitude.
— Bêlant ?
— À son âge, on ne change qu'en pire. Il s'éternisait. J'ai craint que Walter ne rentre avant son départ.
— Tu crois qu'il se doute ?
— Avec lui, va savoir ! Tu ne parais pas pressé.
— Donne-moi le temps de recharger mes batteries.

Presque chaque mot était une insulte à Jovis, à son éducation, à ses principes. Au début, il aurait voulu ne pas entendre. Il avait peur, aussi, que sa femme se réveille et entende.

— Viens ici que je…

Ce n'était pas possible. Il refusait d'y croire. Ces gens-là employaient les mots les plus crus, les plus évocateurs, et prenaient un malin plaisir à commenter chacun de leurs gestes, surtout la femme.

— Elle t'a fait ça ?

— Oui.

— Et comme ça ?

— Oui.

— Canaille ! Je vais te montrer…

Il s'efforçait de situer la scène, les personnages. Ils devaient être assez jeunes, à en juger par leurs ébats, mais ce n'étaient ni des nouveaux mariés ni des amants de la veille.

Ils avaient une longue habitude l'un de l'autre, cela se sentait à leurs répliques qui leur venaient aux lèvres comme un texte appris.

Un texte aussi obscène que les graffiti qu'on lit en rougissant dans certains urinoirs.

— Attends… Ne bouge plus… C'est moi qui…

— Tu me fais mal, protesta l'homme.

— Et elle, elle ne t'a pas fait mal, la garce ? Si encore tu te contentais d'Irène, qui est une bonne fille… Tu te souviens, la nuit où on était tous les trois et où je…

Il essayait d'effacer les mots entendus, les images qu'ils avaient évoquées et qui lui revenaient à l'esprit.

— Non… Pas encore…

Il y avait eu d'autres phrases, d'une précision de planches anatomiques. La femme commençait à délirer, littéralement. Ce n'était plus une femme comme il les connaissait, comme celles qu'on rencontre dans la rue.

C'était une bête qui se déchaînait, une bête douée de la parole et qui criait des mots terribles.

L'homme se prénommait Jean. Il entendit ce nom à plusieurs reprises.

— Raconte… Raconte… Dis-moi tout… Ce que tu lui as fait… Ce qu'elle t'a fait…

Alors, il parlait à son tour. Elle réclamait toujours plus de détails. Elle en rajoutait.

— Et ça ?

— Oui…

— Et ça ?

— Pas si fort…

— Tu es devenu fragile ?

Le ton montait, les bruits qui accompagnaient les voix devenaient plus précis. Il attendait, presque haletant, le soulagement que lui procurerait la fin.

— Écoute… Mets-le dans…

Il y avait des moments, comme celui-là, où Jovis avait envie de frapper la cloison à grands coups. Tout son corps frémissait d'impatience, de nervosité, d'indignation aussi. Et de peur. Il ne fallait à aucun prix que Blanche entende…

La femme criait, de mal et de plaisir, un long hululement qui devait lui gonfler la gorge, et soudain il crut reconnaître le bruit mat d'une gifle.

— Oui… Oui… Frappe-moi encore…

Ce n'était pas possible. Il fallait que cela s'arrête. Il ne comprenait plus.

Le cri devenait plus aigu et soudain il sombra en une sorte de sanglot. On aurait juré qu'elle pleurait, que ce n'était plus qu'une gamine qui a du chagrin. Il en avait presque pitié.

L'homme devait allumer une cigarette.

— Tu as eu ce que tu voulais, oui ? ironisait-il non sans tendresse.

— Plutôt trois fois qu'une. Je pensais que cela ne finirait pas.

— Un scotch ?

— Sans eau.

Le choc d'une bouteille sur le bord d'un verre, un glouglou.

— À ta santé, Jean.

— À la tienne, femelle.

C'était ce mot-là, au moment où il était prononcé, qui troublait le plus Émile. Jamais il n'avait mis lui-même autant de complicité dans sa voix quand il s'adressait à Blanche.

— Femelle...

Il est vrai que, jamais non plus, il ne l'appelait ainsi, que jamais il n'oserait le faire. D'ailleurs, elle ne comprendrait pas.

Ils venaient de sombrer ensemble dans des abîmes. Ils en émergeaient à peine. La cigarette rassurante aux lèvres, il versait à boire.

— À ta santé, Jean.

Elle était soumise et lasse.

Et il lui répondait simplement :

— À la tienne, femelle.

Ce soir, le troisième soir à Clairevie, Jovis attendait, honteux, l'oreille tendue.

3

Il s'assoupit plusieurs fois, sans s'endormir vraiment, sursautant quand une voiture passait ou s'arrêtait dans l'avenue.

Il retrouvait alors sa lucidité, ses souvenirs de l'avant-dernière nuit, sa première nuit de Clairevie, et, sans doute à cause de la fatigue, ces souvenirs se déformaient au point de devenir fantastiques.

Il découvrait aussi de nouveaux bruits dans la maison, lointains, assourdis, qu'il n'identifiait pas encore mais qui finiraient par s'intégrer dans son univers comme les bruits familiers de la rue des Francs-Bourgeois.

Une auto approcha, une auto de sport, à en juger par son ronflement, par la façon dont elle prit le virage et stoppa net devant l'immeuble. Une portière claqua. Un peu plus tard, une porte s'ouvrit, vraisemblablement celle de l'appartement des voisins, puis, après un silence, une autre porte, une autre encore, cette fois celle de la chambre où il entendait maintenant des pas.

Une voix d'homme, la même que la première nuit, demanda :

— Qu'est-ce que tu lis ?
— Un roman policier.
Il y avait donc de la lumière dans la pièce, au moins celle de la lampe de chevet. Il imaginait la femme couchée, le dos appuyé à deux ou trois oreillers.
— Tu es de bonne heure.
Qu'appelait-elle de bonne heure ? Il n'y avait pas d'église à Clairevie, pas de cloches, pas de carillon. Il lui semblait, à lui, qu'on avait largement dépassé le milieu de la nuit.
L'homme allumait une cigarette et on pouvait supposer qu'il retirait son veston, dénouait sa cravate.
— Alexa a travaillé vite. Il est vrai que c'était du nougat. Le type doit être maire de son patelin, en tout cas une huile.
— Il a marché tout de suite ?
— Il n'a fallu que deux bouteilles de champagne. J'étais d'un côté du bar, Léon de l'autre.
— Combien ?
— Quinze mille.
— Une Mercedes ?
— Toute fraîche, toute candide. Petit Louis l'avait piquée à dix heures boulevard Saint-Michel. Le temps de passer au garage pour la toilette...
— Il est reparti ?
— Rond comme une bille et heureux comme un roi. Tu me fais de la place, dis ?
Un silence. Il se couchait. La femme questionnait :
— Alors, toi, rien ce soir ?
— Un petit coup avec Irène.
— Elle regarde toujours le plafond ?
— Elle n'a pas pu. On était debout dans la cabine du téléphone.

— Tu as envie de moi ?

— Sais pas encore.

Jovis s'impatientait. C'était trop long. Il ne comprenait pas pourquoi cela ne se passait pas comme la première nuit et se sentait presque frustré. Il y eut plusieurs minutes de silence. Quelque chose tomba par terre, peut-être le livre que la femme lisait tout à l'heure.

— Tu es fatiguée ?

— Non. Cette nuit, j'ai envie de tendresse.

— Sans blague !

— Traite-moi comme si c'était la première fois.

— Parce qu'il y a eu une première fois ? Parole ! Je l'avais oublié.

Il n'entendait presque plus rien. Il lui sembla pourtant qu'ils se chuchotaient à l'oreille tandis qu'il percevait comme un mouvement lent et rythmé des deux corps.

— C'est bon comme ça aussi.

— Tu trouves ?

— Je n'ai jamais rencontré un homme comme toi.

— Ni moi une femme qui remplace toutes les femmes.

— Heureusement que ce n'est pas vrai et que tu continues à en voir d'autres !

— Les autres, c'est le boulot.

Puis ils chuchotaient à nouveau, un murmure, d'abord très doux, allant crescendo pour devenir comme la plainte d'un enfant.

Jovis n'était pas content. Il s'en voulait d'avoir attendu si longtemps, d'avoir lutté en vain contre le sommeil. Il regrettait déjà moins de s'être endormi la nuit précédente. Qui sait s'il s'était passé quelque chose ? Le couple s'était peut-être endormi tranquillement, comme Blanche et lui la plupart du temps.

Il s'efforçait de donner un sens aux bouts de phrases entendus. Il avait été question d'une Mercedes, de quinze mille francs, d'un bourgeois de province à l'air important qui était maire de son pays. Un bar, auquel l'homme était accoudé en face du nommé Léon…

Blanche poussa un soupir et se tourna d'une pièce sur le côté droit sans que son sommeil perde de sa profondeur.

Il s'endormit et, à six heures et demie, elle lui mit la main sur l'épaule en murmurant :

— Il est l'heure, Émile.

Il la regarda, maussade, dans sa robe d'intérieur en coton bleu qui lui servait de robe de chambre, puis il regarda le soleil pénétrer par la fenêtre à mesure qu'elle ouvrait les volets.

Il n'avait rien bu la veille et pourtant il se sentait la gueule de bois.

— Tu n'as pas bien dormi ?

Elle remarquait tout, attentive à ses moindres jeux de physionomie.

C'était vrai, mais il ne se rappelait plus ce qu'il avait rêvé. Il était question d'une voiture longue et brillante comme celles dans lesquelles on voit, à la télévision, les chefs d'État défiler, debout, saluant la foule. Il était dans la voiture et il n'y était pas. C'était trop confus pour qu'il puisse mettre de l'ordre dans les images.

Il avait soif et il alla se verser un verre d'eau dans la salle de bains. Alain, dans la baignoire, lisait un roman policier, ce qui lui rappela un épisode de la nuit.

— Depuis quand lis-tu ces livres idiots ?

— Tout le monde en lit. Même les hommes politiques. On en parlait encore hier dans le journal...

Alain dut remarquer à son tour que son père était grognon, car cela lui arrivait rarement. Au petit déjeuner, il ne parla pour ainsi dire pas.

— Alors, tu crois que je peux accepter ?

— Accepter quoi ?

— De travailler à la crèche-garderie.

Cela allait trop vite. Elle lui en avait tout juste parlé la veille et il ne s'était pas imaginé qu'il fallait déjà prendre une décision.

— Comme tu voudras.

— Cela t'ennuie ?

— Non.

— Mais tu n'es pas content ?

Alain l'observait, comme s'il sentait quelque chose d'anormal dans son attitude.

— Si.

— Je peux toujours lui dire...

— À qui ?

— À Mme Lemarque. Je peux trouver une excuse, remettre à plus tard.

Il ne répondait pas. Il avait mal à la tête, la bouche pâteuse, et le café ne lui semblait pas bon. Il alluma une cigarette qui n'eut pas bon goût non plus.

— À quoi penses-tu ?

— Moi ?

C'était absurde. Il n'avait jamais été ivre de sa vie. Il n'avait jamais ressenti les affres de la gueule de bois et voilà qu'il était là, mal dans sa peau, le cerveau embrumé, à répondre n'importe quoi.

— Je t'en reparlerai ce soir...

Il la regarda avec reproche, car c'était souligner qu'elle ne le considérait pas comme dans son assiette.

— Tu ferais mieux de répondre oui.

Il descendit avec Alain et s'arrêta devant les voitures rangées le long de l'avenue. Le vaste garage souterrain, en construction pour les habitants de Clairevie, ne serait terminé qu'au début de l'hiver.

— Je parie qu'elle dépasse le 200.

Il tressaillit. Ils étaient campés, son fils et lui, devant une voiture de sport décapotable, à la carrosserie d'un beau rouge, aux sièges de cuir noir.

— À qui crois-tu qu'elle appartienne ?

Le gamin levait la tête pour regarder les fenêtres de l'immeuble. Émile, lui, connaissait la réponse. C'était certainement la voiture qu'il avait entendue s'arrêter la nuit précédente, celle de son voisin dont il ne connaissait que la voix, le vocabulaire, mais il préférait ne pas y penser à présent, alors qu'il se trouvait avec son fils dans le clair soleil du matin.

Il referma la portière de la 404, qu'il mit en route, et traversa le terrain vague où le bulldozer était en mouvement, couvrant de son vacarme le bruit des avions dont on voyait la traînée blanche dans le bleu du ciel.

— Il va faire chaud.

C'était au tour d'Alain de ne pas répondre, plongé qu'il était dans son livre d'algèbre.

— Pardon, murmura le père qui ne s'en était pas aperçu.

Quelle profession son voisin pouvait-il exercer, pour autant qu'il en exerçât une ? Il rentrait tard dans la nuit et cela ne semblait pas être pour son plaisir. Il n'était pas barman, puisqu'il parlait d'un nommé Léon qui se trouvait de l'autre côté du bar pendant qu'Alexa…

Il n'y avait pas qu'Alexa ; il existait aussi une Irène avec qui il avait fait l'amour dans la cabine téléphonique.

Vendait-il des voitures ? En achetait-il ? Était-ce lui qui avait encaissé les quinze mille francs ou les avait-il versés ?

Quant à Petit Louis qui avait « piqué » l'auto…

— Attention ! Tu roules à gauche.

Il rougit d'être pris en faute par son fils. Une demi-heure plus tard, à la terrasse du tabac de la place des Vosges, il faillit rougir encore en commandant un verre de pouilly. Cela devenait une habitude. Il avait toujours été strict avec lui-même et il regardait avec une pointe de mépris les hommes qu'on voit, dès le petit matin, boire du vin ou de l'alcool au comptoir.

Il ne buvait pas pour boire, aujourd'hui. C'était plutôt pour retrouver l'atmosphère de la veille, son humeur, l'excitation qu'il avait connue presque toute la journée.

Le vin était frais, le verre embué, le garçon indifférent. Il ouvrit le journal.

Il avait été question du Carillon, ce qui pouvait être le nom d'un café, d'un restaurant ou d'un cabaret. Plutôt d'un cabaret, puisque l'homme en revenait au milieu de la nuit.

Il se leva et se dirigea vers la cabine téléphonique, non sans penser à la nommée Irène qui paraissait être une fille sans complications. Il trouva dans l'annuaire un Carillon, boulevard Saint-Martin, mais c'était une horlogerie. Il y avait même un M. Carillon, Henri, qui exerçait la profession d'expert-comptable et habitait rue Caulaincourt. Une demoiselle Carillon, Hortense, sans profession.

Enfin, le Carillon Doré, cabaret, rue de Ponthieu. Il n'était que huit heures vingt. Il aurait eu le temps d'aller y jeter un coup d'œil, mais il se serait senti par trop ridicule.

De quoi s'occupait-il ? Ses voisins ne lui étaient rien. Il ne les aurait même pas reconnus dans la rue.

— Et voilà qu'il se mêlait de leur vie privée !

— Garçon ! Un autre…

Il croisait et décroisait les jambes, saisissait le journal sur la chaise à côté de la sienne puis le remettait à sa place.

— Je vous dois ?

Il n'avait pas envie de lire. Il y avait longtemps qu'il n'était pas allé dans le quartier des Champs-Élysées. Il fit le tour par la rive gauche, longea les quais, franchit le pont de la Concorde. Toutes les voitures, à cette heure, affluaient vers Paris et formaient un troupeau que le bâton blanc des agents et les feux rouges coupaient en tronçons.

En montant les Champs-Élysées, il aperçut l'agence Barillon, avec sa vitrine de verre. On découvrait une vaste pièce de marbre blanc, des affiches touristiques et des bureaux luisants, des chaises qui attendaient les employés, des fauteuils verts pour les clients. Le bureau plus vaste, au fond, avec trois ou quatre téléphones, était celui de M. Armand, le fils Barillon.

Le vieux Barillon, lui, avait quatre-vingt-deux ans, et gardait son bureau au siège social, boulevard Poissonnière, où rien n'avait changé depuis soixante ans, sinon davantage.

La curiosité d'Émile à l'égard de ses voisins lui parut encore plus ridicule. Les Barillon, leurs agences, M. Louis, M. Armand, et l'ancêtre, M. François, dont on ne connaissait qu'une photographie, avec des favoris et une redingote, représentaient le devoir, la paix de l'âme et de l'esprit, la réussite de Jovis aussi, puisqu'il était devenu, à force de travail, un des rouages importants de cette entreprise.

Il faillit faire le tour complet de l'Arc de Triomphe et se diriger vers la Bastille, mais il ne s'engagea pas moins dans la rue de Ponthieu, où des garçons faisaient la toilette des cafés et des bars.

La plupart des magasins étaient encore fermés. Au-dessus d'une façade bleu clair, qui faisait penser à une crémerie, il lut les mots *Le Carillon Doré*, et une cloche de bois, peinte couleur or, pendait au-dessus de la devanture.

Des rideaux plissés empêchaient de voir à l'intérieur. À droite de la porte, dans un cadre fixé au mur, des photographies de femmes plus ou moins nues.

Strip-tease.

Il existait cinquante boîtes du même genre dans le quartier et Jovis n'en avait jamais poussé la porte. Il était déçu. Il lui semblait que le mystère s'évaporait, que l'histoire devenait prosaïque, vulgaire.

Alexa, dont son voisin avait détaillé les gestes amoureux, se déshabillait chaque soir une dizaine de fois devant les clients. Il devait en être de même d'Irène, la fille douce et passive. D'autres aussi, sans doute.

Quant à l'homme…

Était-il le propriétaire de l'établissement ? Et la femme était-elle, de son côté, une ancienne strip-teaseuse ?

Il appuya rageusement sur l'accélérateur car une voiture qui venait derrière lui l'avertissait par un léger coup de klaxon qu'il arrêtait la circulation.

Il avait rendez-vous à neuf heures et demie avec un avocat qui désirait organiser un safari pour une dizaine de ses amis. C'était une grosse affaire.

Il finit par trouver un endroit où parquer sa voiture et, quelques minutes plus tard, il accomplissait le geste rituel, presque sacré, dc soulever le volet de fer.

Mlle Germaine était déjà derrière lui, en robe orange tachée de sueur sous les bras. De la sueur perlait aussi au-dessus de sa lèvre supérieure et il remarqua pour la première fois quelques poils follets.

— Il va faire chaud.

— Oui.

— N'est-ce pas la semaine prochaine que vous prenez vos vacances ?

— Lundi.

— Où allez-vous ?

— À la montagne, en Savoie. Ma mère déteste les plages.

— Et vous ?

— Elle est âgée. Il faut bien tenir compte de ses goûts.

Elle avait quarante ans. Devant sa mère, elle restait une petite fille qui obéit. Lui aussi, avec son père…

Dimanche, dans trois jours, il irait le voir au Kremlin-Bicêtre. Alain, à son habitude, se montrerait de mauvaise humeur. Ils n'y allaient cependant qu'un dimanche sur deux, l'après-midi, car son père vivait seul et ne désirait pas faire la cuisine pour la famille.

Émile avait l'impression, en y pensant, de reprendre pied dans la réalité. En attendant le premier client, il prépara, debout au comptoir, le dossier du safari, saluant machinalement les trois employés qui arrivaient presque en même temps.

— Monsieur Clinche, voulez-vous venir un instant ? Il me semble que nous avons reçu récemment une lettre de Bill Hatworn, notre correspondant du Kenya.

— Elle est déjà classée. Je vous l'apporte.

Ainsi la journée, en fin de compte, ne s'annonçait pas trop mal. L'avocat n'arriva qu'à dix heures. C'était un petit homme gras, joufflu, au teint rose, qu'on imaginait mal, en tenue de brousse, à l'affût du lion ou du léopard. Pourtant, il en était à son troisième safari et il y avait converti bon nombre de ses amis.

Ils s'assirent dans des fauteuils, se passèrent des horaires d'avions, des tarifs d'hôtels, des vues panoramiques du Kenya, du Soudan et du Congo.

À midi, Jovis s'attablait seul dans le petit restaurant tout en profondeur qu'il avait découvert à deux pas, rue Jacques-Cœur, où le menu était écrit à la craie sur une ardoise et où on voyait, par la porte toujours ouverte, la patronne à son fourneau

— Je ne digère malheureusement pas la tête de veau.

— On peut vous faire une escalope.

Au mur, des casiers contenaient les serviettes des habitués et il ne tarderait pas à avoir le sien. Alain, lui, déjeunait au lycée. Joseph Remacle, qui habitait boulevard Voltaire, rentrait chez lui tandis que le petit Dutoit mangeait dans un snack-bar, comme Mlle Germaine.

Il n'y avait que M. Clinche à rester au bureau, toutes portes fermées. Il apportait son repas dans une toile cirée noire, par économie ou par habitude, et, si le téléphone sonnait, il ne répondait pas, car il n'était pas de service.

S'agissait-il d'une bande de voleurs de voitures ? Il y pensait malgré lui. Il lisait les journaux, comme tout le monde, savait que des dizaines d'autos étaient volées chaque jour et qu'on n'en retrouvait que la moitié ou les deux tiers.

Les autres, maquillées, franchissaient une des frontières pour être revendues à l'étranger.

Il n'avait jamais eu l'occasion de voir de près un voleur. Il avait seulement découvert, trois ans plus tôt, qu'un des employés, aussitôt mis à la porte, bien entendu, mais que M. Armand avait décidé de ne pas poursuivre, n'inscrivait pas certaines rentrées d'argent et se faisait ainsi quelques centaines de francs par mois.

C'était un homme d'âge, cinquante ans environ, aussi terne que M. Clinche, marié, père de deux enfants dont un suivait les cours de la Faculté de médecine.

Il avait pleuré. C'était pénible.

— Depuis combien de temps vous livrez-vous à ce trafic ?

— À peine six mois. Je comptais rembourser. J'en étais sûr. La chance ne peut pas rester toujours contre moi.

— Que faisiez-vous de l'argent ?

Il ne courait pas les femmes, ne se livrait pas à des dépenses extravagantes. Ce qu'il gagnait passait à payer les études de ses fils et il déjeunait de sandwiches dans une brasserie du faubourg Saint-Antoine.

— Le tiercé...

Jovis l'avait regardé avec stupeur. Était-il si naïf, à son âge, pour s'étonner qu'un homme soit pris par le jeu au point de puiser dans la caisse ?

Ce n'était pas seulement pénible, mais décevant.

— Je vous en supplie, monsieur Jovis, donnez-moi une chance. Je vous jure que cela ne m'arrivera plus. Vous pourrez garder chaque mois une partie de mon salaire. Si mes fils…

C'était curieux. Jovis se serait plutôt montré intransigeant car il avait, de l'honnêteté, une notion stricte.

M. Armand, venu le lendemain tout exprès à l'agence, était un homme grand et fort, vêtu avec soin, rasé de près, dégageant une légère odeur d'apéritif ou de pousse-café.

Il était resté debout pendant que parlait le coupable.

— Qu'en pensez-vous, Jovis ?

— C'est à vous de décider, monsieur Armand. Il avoue avoir maquillé les livres et nous avoir trompés pendant plus de six mois.

— Il est dans la maison depuis quinze ans, n'est-ce pas ?

— Seize.

— Il s'y trouvait donc avant vous ?

— J'ai été engagé trois ans plus tard et j'ai d'abord travaillé boulevard Poissonnière.

— Je sais. Eh bien, réglez-lui son compte et donnez-lui un certificat disant simplement qu'il a travaillé ici de telle à telle date, sans commentaires.

Le voleur se remettait à pleurer, de joie cette fois, et si on ne l'avait arrêté il aurait baisé la main de M. Armand.

C'était curieux. La décision était injuste. Jovis, qui avait tant travaillé, qui n'avait jamais fait tort à qui que ce soit d'un seul centime, avait attendu cinq ans avant de demander timidement une augmentation.

Son voisin était-il, lui aussi, un voleur ?

Un voleur heureux, sans remords, qui mordait à la vie à belles dents et ne se souciait que de faire l'amour.

Ils dînaient tous les trois, les fenêtres du living-room ouvertes, tandis que la télévision donnait les nouvelles. Seul Alain les écoutait d'une oreille distraite. Émile regardait sa femme, assise en face de lui, comme s'il cherchait sur son visage quelque chose de nouveau, de différent, ou encore comme s'il se demandait pourquoi c'était elle et non une autre qu'il avait choisie pour compagne.

Il était si jeune quand il l'avait rencontrée ! Il n'avait pas vingt ans. Elle l'émouvait par son humilité, sa patience, l'absence de rancune contre le sort ou contre les hommes. Il ignorait, en l'invitant à sortir un dimanche après-midi, que le soir même sa décision serait prise. Elle ne le soupçonnait pas non plus. Il ne lui en avait parlé que trois semaines plus tard.

— Tu as visité la crèche ?

— La crèche-garderie. Mme Lemarque tient beaucoup aux deux mots.

— Elle est allée avec toi ?

— Elle est venue me chercher. Ce n'est pas une femme à qui on résiste. Non seulement j'ai visité, mais je suis restée.

— Que veux-tu dire ?

— J'ai fait, jusqu'à cinq heures, le travail qui sera le mien dès demain matin.

— Cela t'amuse ?

— Ce n'est pas le mot. J'aime les enfants. Ils sont près d'une trentaine dans une pièce claire, au rez-de-chaussée des Bleuets. Il y a une autre pièce pour les bébés, une cuisine, des lavabos. Une double porte ouvre sur une pelouse entourée de barrières blanches et les enfants y jouent sous des parasols. On peut même gonfler et remplir d'eau une petite piscine en matière plastique.

— Quelles seront tes heures ?

— De neuf heures, le matin, à trois heures de l'après-midi. Je déjeunerai avec les enfants, ce qui m'évitera de cuisiner pour une seule personne.

On ne savait jamais, avec elle, si elle était réellement contente ou non, car elle évitait toute allusion à ses ennuis et à ses difficultés.

— Mme Chartrain, l'autre garde, qui est là depuis trois mois, est très douce, très gentille, et les enfants l'adorent. Elle fait tout ce qu'ils veulent. Tout à l'heure, ils l'avaient étendue sur l'herbe et ils étaient trois ou quatre à sauter par-dessus elle.

Il sourit à l'idée de Blanche dans la même position. Ne se sentirait-elle pas gauche, empruntée ?

— On ne peut même plus écouter le journal parlé, protesta Alain.

Ils se turent. La voix du speaker fut seule à résonner dans la pièce, accompagnée par la même voix dans un autre appartement dont les fenêtres étaient ouvertes aussi.

— Tu as du travail, Alain ?

— Non. Pourquoi ?

— On pourrait aller faire un tour.

— En voiture ?

— À pied.

Il fit la grimace, car il ne marchait pas volontiers, lui qui parlait tant de sports et qui connaissait les noms de tous les champions.

— Et toi, Blanche ?

— Je dois réparer le pantalon d'Alain et le repasser.

Jovis avait envie de déambuler, comme la veille, dans le soleil couchant, et il allait se résigner à sortir seul quand son fils fut pris de remords.

— Bon ! Attends-moi. Je viens…

Ils descendirent les quatre étages à pied comme pour se familiariser avec les odeurs de la maison. Rue des Francs-Bourgeois, elle changeait à chaque étage, presque à chaque marche. Ici, l'odeur unique était celle de la maçonnerie encore fraîche et de la peinture. Leurs pas résonnèrent sur les dalles du hall d'entrée et l'idée ne vint pas à Jovis de consulter les cartes de visite, sur les boîtes à lettres, pour découvrir le nom de son voisin.

— La bagnole rouge n'est pas rentrée, remarqua Alain en examinant la file de voitures. Cela ne m'étonne pas.

— Pourquoi ?

— Parce que quelqu'un qui a une voiture pareille ne rentre pas chez lui de bonne heure.

Son père le regarda avec surprise, frappé par cette déduction. Au même instant, Alain levait la tête et fixait un point de l'espace. Il fit de même, comprit ce qui intéressait son fils.

À deux fenêtres des leurs, au même étage, un garçon de quatorze ou quinze ans était accoudé et regardait en bas. On aurait dit que les deux gamins s'examinaient mutuellement.

Celui de la fenêtre paraissait plutôt gras, les épaules rondes, le cou large. Il avait l'air d'un petit homme d'une placidité étonnante.

Son visage frappa Jovis par le calme, la profondeur des yeux bruns, la blancheur de la peau, le noir des longs cheveux qui bouclaient légèrement.

Cela ne dura que quelques secondes. Alain n'avait pas montré de surprise et il fut le premier à se mettre en marche.

— Tu le connais ?

— Je l'ai entendu.

— Qu'est-ce que tu as entendu ?

— C'est le fils de nos voisins. Sa chambre est à côté de la mienne. Il a une Hi-Fi formidable, qui a dû coûter au moins deux mille francs.

Alain ne possédait qu'un tourne-disque courant et une vingtaine de disques tout au plus qu'il achetait avec ses dimanches.

— Il a toutes les meilleures formations de jazz anglaises et américaines.

— Tu lui as parlé ?

— C'est la première fois que je l'aperçois.

Pourquoi tout ce qui concernait ses voisins touchait-il tellement le père ? Beaucoup d'enfants sont grassouillets à l'âge de celui-là et ressemblent à de petits hommes. On en rencontre un certain nombre aux cheveux noirs, aux yeux sombres, à la peau blanche et mate.

Or, malgré lui, il mettait autour de cet enfant comme une auréole de mystère.

— Où allons-nous ?

— Nulle part. Nous marchons.

Il savait, en réalité, où il voulait se rendre, entraînait son fils vers le bout de l'avenue, vers la future piscine et son bulldozer, puis le long du chemin de terre.

Là où on reprenait la route goudronnée, c'étaient des blés à gauche, un boqueteau à droite, et deux fois déjà il avait failli descendre de voiture en passant.

Alain regardait ce décor avec indifférence, se contentant de casser un bout de branche pour en fouetter l'air. Émile, lui, cherchait des yeux les bleuets, les coquelicots parmi les tiges de blé. Il coupa un épi, tâta les grains encore tièdes du soleil de la journée et, les décortiquant du bout des dents, se mit à les manger.

— Tu aimes ça ?

— Cela me rappelle mon enfance.

— C'est bon ?

Alain ne comprenait pas. Pour Jovis, c'étaient les promenades du dimanche au bord de la Seine qui revivaient, son père coiffé d'un chapeau de paille, sa mère dont il avait de la peine à reconstituer la silhouette mais qu'il croyait toujours revoir en robe bleue.

Il y avait invariablement un moment où on s'asseyait sur l'herbe et parfois c'était au bord d'un champ de blé piqueté de bleu et de rouge.

— Si nous nous reposions un moment ?

— Tu en as vraiment envie ?

Émile n'osait pas insister. Son père, lui, après le pique-nique, s'étendait de tout son long et sommeillait, un journal sur le visage, les mouches bourdonnant autour de lui.

L'eau du fleuve avait une odeur spéciale, de terre mouillée ou de vase, avec comme un relent de poissons, car on trouvait sur la berge des poissons trop petits que les pêcheurs avaient abandonnés.

— C'est drôle de voir la campagne commencer si brusquement, remarquait Alain en se tournant vers les hauts immeubles blancs qui se dressaient à quatre cents mètres à peine.

Dommage qu'il refusât de s'asseoir. À vrai dire, Jovis était venu exprès, comme pour prendre un bain de souvenirs, d'innocence. Il respirait profondément, cherchait à retrouver les odeurs de jadis.

— On rentre, dis ?

— Si tu veux.

Il y avait de la mélancolie dans l'air, malgré le ciel très pur, frotté d'un rose d'aquarelle comme la veille, strié de longues traînées blanches qui ne se dissipaient que longtemps après le passage des avions.

— Tu comptes t'en faire un ami ?

— De qui ?

— Du garçon que tu as vu à la fenêtre.

— Je n'ai pas envie qu'il colle à moi. Sûrement que j'aimerais écouter ses disques.

— Tu les entends de ta chambre.

— Ce n'est pas la même chose.

— Tu as aperçu sa mère et son père ?

— Non.

Alain le regarda, surpris par ces questions, banales certes, mais inattendues.

— Tu te plaignais hier de devoir changer de camarades.

— Ce n'est pas une raison pour adopter n'importe qui.

S'ils s'étaient assis dans l'herbe, peut-être Émile se serait-il, ne fût-ce qu'un instant, couché de tout son long.

Avait-il, avec son père, des conversations plus suivies ? Il ne s'en souvenait pas. Maintenant encore, quand il allait le voir toutes les deux semaines, les répliques étaient décousues, entrecoupées de silences.

Pourtant, le décor était familier. Rien n'avait changé dans la maison, pas même le fer à repasser de sa mère qui se trouvait toujours dans le même placard.

Le vieil instituteur préparait lui-même sa popote après être allé prendre son apéritif au café du coin, où il retrouvait trois ou quatre hommes de son âge. De la terrasse, il pouvait voir de loin les enfants sortir en s'ébrouant de l'école où il avait enseigné pendant tant d'années.

Alain n'aimait pas le pavillon vieillot du Kremlin-Bicêtre. Ces visites au grand-père étaient pour lui une contrainte déplaisante à laquelle il ne se pliait pas sans humeur.

Il ne comprenait pas qu'on reste assis dans une pièce exiguë, ou dans un jardinet entouré de murs, à ne rien faire, à regarder devant soi, à laisser couler le temps tout en prononçant de loin en loin une phrase qui venait Dieu sait d'où.

Enfant, Émile n'allait pas chez son grand-père et chez sa grand-mère, qui habitaient le centre de la France et qui étaient morts tous les deux lorsqu'il avait eu l'âge de voyager.

Il n'en ressentait pas moins un vague malaise devant les photographies agrandies qui figuraient en bonne place dans la salle à manger du pavillon.

— À quoi penses-tu, Alain ?

— À rien. Je ne sais pas.

— Tu es toujours aussi mécontent d'avoir déménagé ?

— Cela dépendra.

— De quoi ?

— D'un tas de choses.

— Dès ton retour de vacances, je t'achèterai un vélomoteur.

— Je ne serai pas obligé d'attendre Noël ?

— Non.

Émile n'était pas fier de lui. Il avait l'impression d'acheter la connivence de son fils. Mais connivence en quoi ?

C'était un peu comme s'il entrevoyait un nouveau lien secret entre eux. Par la force des choses, et malgré la répugnance d'Alain, celui-ci finirait par rencontrer le garçon qu'on avait vu à la fenêtre.

Jovis, de son côté, apercevrait un jour la femme et l'homme dont il ne connaissait que les voix, des voix, il est vrai, qui lui avaient révélé leur vie la plus secrète.

Cela l'effrayait un peu. Il devinait un autre monde, inconnu, dangereux. En bon père de famille, n'aurait-il pas dû dire à son fils :

— Méfie-toi, Alain. Ce n'est pas un ami pour toi.

À cause de quoi ? Des mots, des hoquets, des râles, des obscénités qu'il avait entendus, qu'il avait guettés de l'autre côté de la cloison, des gestes, des images qu'il s'efforçait de reconstituer ?

Tout était paisible autour d'eux. Il n'y avait pas, comme rue des Francs-Bourgeois, de passants sur les trottoirs, de vieillards assis sur leur seuil, de boutiques encore ouvertes. Il n'existait aucun cinéma alentour.

Chacun était dans sa case, avec un disque qui tournait, une radio, la télévision ou un enfant qui criaillait tandis qu'on le mettait au lit.

Parfois un moteur se mettait à tourner et une voiture se dirigeait vers l'autoroute. En passant devant les immeubles, on entendait des voix, des lambeaux de phrases isolées qui n'avaient pas de sens.

Ils prirent l'ascenseur pour remonter chez eux. Blanche était occupée à repasser dans la demi-obscurité.

Il se souvint d'un tableau qu'il avait vu, représentant une femme au tablier bleu clair, les cheveux roulés en chignon, qui repassait ainsi dans la pénombre. C'était une œuvre pointilliste, et les taches minuscules, de couleurs pures, entouraient le personnage central d'une buée faiblement lumineuse.

Il ne se rappelait pas le nom du peintre. C'était sans importance.

— Bonsoir, maman.

— Tu vas déjà te coucher ?

— Je crois qu'il va plutôt écouter la musique.

Et Alain lançait à son père un regard sombre comme pour lui reprocher de faire état d'une confidence.

Émile avait eu tort. Il n'avait pas réfléchi. Il pensait trop à ces gens qui vivaient de l'autre côté d'une simple cloison et qui n'avaient rien à voir avec l'existence de sa famille ni avec lui-même.

C'est justement parce qu'il s'en voulait qu'il avait, presque perfidement, mis Alain dans le coup.

— Bonsoir, fils. Je plaisantais. Je pensais à toutes les musiques qu'on entend dans cette maison.

Sa femme l'observait. À vivre à trois, on devient sensible à de petits riens, à une intonation, à un mot inhabituel, à un geste, à un regard.

Quand Alain fut parti, elle demanda :

— Vous êtes allés loin ?

— Jusqu'au champ de blé.

Ils n'étaient dans l'immeuble que de trois jours et Blanche n'avait pas encore eu l'occasion d'aller à Paris, de sortir de Clairevie.

— Quel champ de blé ?

— À la sortie du lotissement.

Il avait dit lotissement faute de trouver un autre mot.

— Un peu plus loin que la future piscine. Dimanche, je te montrerai les environs.

— C'est le dimanche de ton père.

— Je lui téléphonerai que nous n'avons pas fini de nous installer. En compensation, le dimanche suivant, j'irai le chercher et il déjeunera ici. Je tiens à ce qu'il connaisse notre nouveau logement.

— Il faudra que j'achète des pantalons pour Alain. Je ne sais pas comment il s'y prend pour les déchirer si vite.

Pourquoi éprouva-t-il le besoin de se rendre chez son fils ? Celui-ci était couché, lumière éteinte.

— C'est toi, papa ?

— Tout à l'heure, je ne t'ai pas embrassé.

On entendait de la musique, dans la chambre voisine, une musique qu'il ne connaissait pas, sourde et obsédante, avec parfois comme un cri déchirant, et il pensa à la femme déchaînée qu'il entendait hurler au milieu de la nuit.

— De qui est-ce ?

— Une nouvelle formation de San Francisco. Un garçon m'en a parlé au lycée. Il a le disque. Mais c'est un 33-tours qui coûte vingt-huit francs.

— Tu aimerais l'acheter ?

— Avec quoi ?

— Si je te l'offrais ?

— Pourquoi ?

Chez eux, on n'avait pas l'habitude des cadeaux qui ne s'expliquent pas par une occasion précise.

— Mettons pour fêter notre emménagement.

— Si tu veux.

Il ajouta après un silence :

— Merci.

Il avait hâte d'être à nouveau seul pour écouter la musique.

Émile faillit faire l'amour. Il en eut envie, pendant que Blanche se déshabillait avec sa décence habituelle. Il hésita. Il savait que ce n'était pas elle qu'il désirait mais la femme, n'importe quelle femme, sauf elle, une femme qui…

Il s'en voulait d'avoir mêlé Blanche, ne fût-ce qu'un instant, à ces pensées troubles. Elle se couchait à côté de lui, le corps chaud, et, quand il l'embrassa, il y avait un peu d'humidité autour de ses lèvres.

— C'est exprès que tu as laissé la fenêtre ouverte ? demanda-t-elle.

Il répondit sans y penser :

— L'air est lourd. Si un orage éclate, j'irai la fermer.

Car même un orage n'éveillait pas sa femme.

— Bonsoir, Émile.

— Bonne nuit, Blanche.

L'autre était-elle déjà dans son lit, de l'autre côté de la cloison ? Était-elle occupée à lire son roman policier à la lueur de la lampe de chevet, une lueur que, sans raison, il imaginait rose ?

Il imaginait aussi une chambre fort différente de la leur, un lit bas, très large, recouvert de satin, une bergère, des meubles frêles dont le bois avait des reflets soyeux. Il aurait parié que le téléphone était blanc et que le plancher était recouvert d'une moquette claire.

Il ne cherchait pas, cette fois, à lutter contre le sommeil. C'était malgré lui que son esprit travaillait.

Était-elle brune comme le garçon entrevu à la fenêtre, ou était-ce l'homme qui avait le type plus ou moins oriental ?

Était-elle grasse, elle aussi ?

Ces images ne correspondaient pas aux voix. Celle de l'homme, toujours un peu ironique, n'avait rien de moelleux et il semblait plutôt habitué à commander qu'à rêver.

— Walter !

C'était elle, toute proche de la cloison, donc dans son lit. Elle appelait deux fois, trois fois, d'une voix toujours plus forte, mais le gamin ne l'entendait pas de sa chambre, à cause de la musique.

Émile la « sentait » qui cherchait ses mules du bout de ses pieds nus, s'éloignait, allait parler à son fils – car cela ne pouvait être que son fils – et la musique cessait soudain.

Elle resta longtemps absente et ce fut par le bruit de la porte, puis par celui du sommier, qu'il sut qu'elle s'était recouchée.

D'un côté, Émile Jovis avait sa femme déjà endormie, dont la cuisse était tout contre lui ; il avait son fils, ses meubles, son chez-soi, l'humble noyau humain qu'il avait laborieusement constitué.

De l'autre, derrière une cloison, une femme qu'il n'avait jamais vue, une femme qu'un homme rejoindrait au milieu de la nuit et dont il entendrait peut-être la voix déchirante.

Il se sentait tiraillé, déjà coupable, alors qu'il n'avait rien fait.

Bien que son père fût athée, Émile avait été baptisé et il avait suivi les leçons de catéchisme. Depuis, il n'était entré dans des églises que pour son mariage et pour des enterrements.

Des lambeaux de textes religieux n'en traînaient pas moins dans sa mémoire et il se faisait l'effet d'un chrétien en train de perdre la foi.

Il avait besoin de dormir.

4

Ce fut un dimanche matin sans cloches, sans vieilles femmes en noir se dirigeant dès six heures vers la messe, sans familles endimanchées marchant sur les trottoirs.

Par contre, il y eut plus de bruits de moteurs, plus d'éclats de voix. On s'entassait dans les voitures. De la fenêtre d'un ou l'autre étage une mère criait pour demander si on n'avait pas oublié les maillots de bain, ou le Thermos. Les enfants se disputaient les places près des portières et il y avait déjà des gifles dans l'air.

La plupart se dirigeaient vers la mer, certains vers les bois, quelques-uns, sans doute, allaient n'importe où, droit devant eux.

Émile Jovis dormit tard, conscient de cette agitation dans le groupe d'immeubles, et il trouva Blanche qui passait l'aspirateur dans le living-room où les portes-fenêtres de la terrasse étaient larges ouvertes.

Il l'embrassa sur la joue. Ils s'embrassaient rarement sur la bouche. Pour eux, c'était le prélude aux rapports sexuels et il leur eût paru indécent, par exemple, d'échanger de tels baisers en présence d'Alain.

— Tu as bien dormi ? lui demandait-elle.

Il répondit que oui, ce qui n'était pas vrai. Il avait essayé. Mais il y avait eu les voix, la kyrielle de mots orduriers, les phrases obscènes.

Cette fois, il s'était efforcé de ne pas entendre. Il lui était arrivé de se rendormir jusqu'à ce qu'un gémissement ou un cri le réveille en sursaut. La scène lui avait paru interminable. À la fin, cela tournait au cauchemar. N'allaient-ils pas, à côté, se lasser de cette comédie ? Car, pour lui, il était inimaginable que deux êtres normalement constitués...

Il alla jusqu'à se demander s'ils n'étaient pas au courant de sa présence de l'autre côté de la cloison et s'ils ne s'amusaient pas à le mystifier, en échangeant parfois des clins d'œil.

Il aurait juré que, la dernière fois qu'il avait ouvert les yeux, un peu de jour filtrait à travers les volets, et presque tout de suite après ce furent les autos qui se mettaient en branle dans l'avenue et dans les rues voisines.

Il but son café, debout dans la cuisine. Il n'y avait pas de croissants. Le boulanger ne venait pas le dimanche. D'ailleurs, il ne mangeait pas tous les matins. Cela dépendait de son humeur.

Il était passé huit heures et il pensa à la terrasse ensoleillée de la place des Vosges, au verre frais et embué, à la couleur joyeuse du pouilly.

— Alain dort encore ?

— Il n'est pas dans la salle de bains.

Ainsi fut-il le premier à se servir de la baignoire où il resta à rêver plus longtemps que d'habitude. Puis il se rasa en écoutant le bulletin de nouvelles à la radio. Déjà des accidents sur l'autoroute, bien entendu. Des statistiques. Tant de voitures à l'heure en direction de l'ouest et tant en direction du sud. Beau temps à Deauville et bouchon à Auxerre.

Au fond, il aimait traînailler ainsi le dimanche matin, même s'il prenait un air las ou grognon. Il passa un pantalon, une chemise à col ouvert, gagna la terrasse d'où il suivit les allées et venues du quartier.

Plus de la moitié des voitures étaient déjà parties, laissant de grands vides entre celles qui restaient. La voiture de sport rouge était juste en dessous de lui. Il regarda du côté des Farran. Car, à présent, il connaissait le nom de ses voisins. Jean Farran. La carte de visite, sur la boîte aux lettres qui correspondait à leur appartement, n'indiquait pas de profession.

On trouvait de tout dans l'immeuble, des rentiers et de jeunes ménages, des familles nombreuses et une demoiselle Marcouli, célibataire. Des noms français et des noms étrangers. Un Zigli, une famille Diacre et des Descubes, des Delao, des Pipoiret et des Lukasek.

Parmi les professions indiquées, un commissaire-priseur, un ingénieur, une manucure et un chef de bureau au ministère des Finances.

Il était trop tôt, certainement, pour que Farran se montre sur sa terrasse. Il devait dormir et Jovis les imaginait tous les deux, l'homme et la femme, sans même un drap sur eux à cause de la chaleur.

— Tu me prépares des œufs, maman ?

Alain, en pyjama, avait les yeux brouillés de sommeil. Il ne disait pas bonjour mais il tendait le front, à sa mère d'abord, à son père ensuite, avant d'aller s'asseoir devant la table de la cuisine.

— Comment les veux-tu ?

— À la coque. Non, sur le plat. N'oublie pas de les retourner.

— Tu as bien dormi, fils ?

Un grognement. Il était lent à se mettre en train, essayait de boire son café trop chaud.

— Qu'est-ce qu'on fait, aujourd'hui ?

Et, déjà hostile :

— On va au Kremlin ?

— Non. J'ai téléphoné à mon père que nous sauterions une visite.

— On va déjeuner quelque part ?

— Je crois que nous resterons ici. C'est notre premier dimanche à Clairevie. Ta mère ne s'est pas encore promenée dans les environs.

— Quand est-ce que tu m'achèteras le vélomoteur ?

— Demain, si tu veux.

— On trouvera un magasin ouvert à six heures ?

— Il y en a toujours d'ouverts avenue de la Grande-Armée.

— J'aurai le droit de m'en servir pour aller à Paris ?

— Pas les premiers temps. Il faut que tu t'habitues.

— Ce n'est pas plus difficile qu'un vélo et j'avais un vélo à huit ans.

Émile aida sa femme à changer de place le dressoir, dans la partie salle à manger du living-room. Leurs meubles étaient ce qu'on appelle des meubles rustiques, particulièrement lourds.

— Nous en achèterons d'autres. J'ai vu des mobiliers suédois en bois clair, je ne sais pas lequel, sans doute du frêne.

— Tu crois que nous pouvons nous permettre cette dépense ?

Était-ce vraiment à la dépense qu'elle pensait ? Elle n'avait pas protesté quand il avait parlé d'acheter un appartement à Clairevie et elle s'était docilement laissé transplanter de Paris.

Si Alain perdait ses amis, elle perdait, elle, les boutiques familières, toutes ses petites habitudes, les femmes qu'elle rencontrait et avec qui elle faisait un bout de causette.

Voilà qu'on allait changer les meubles aussi !

— N'oublie pas que, désormais, tu gagnes ta vie également.

— À condition que je donne satisfaction.

— Comment cela s'est-il passé, hier ?

— Assez bien. C'est une impression curieuse d'être entourée de tant d'enfants à la fois. Au début, on est prise de panique. Mme Lemarque vient de temps à autre s'assurer que tout va bien. Quant à Mme Chartrain, elle ne s'énerve jamais. On jurerait qu'elle ne s'aperçoit pas de ses responsabilités. C'est une femme triste. Je me demande si c'est vraiment à cause de sa profession que son mari est presque toujours absent. Mme Lemarque a fait allusion à un second ménage.

» — Essayez de lui changer les idées, m'a-t-elle dit.

» Car Mme Lemarque s'occupe de tout, sait ce qui se passe dans chaque appartement.

Alain avait enfilé un vieux pantalon de toile beige et un polo. Ses pieds étaient nus dans des sandales. C'était sa façon de marquer le dimanche.

— Tu sors ?

— Je ne sais pas.

Il se laissait tomber dans un fauteuil et parcourait un magazine tandis que son père, aussi désorienté que lui par ce premier dimanche dans un monde inconnu, se retrouvait sur la terrasse.

Il recula immédiatement. Quelqu'un se tenait sur la terrasse de droite, un homme grand, blond, vêtu seulement d'un short clair.

Sa poitrine nue, large et musclée, était brunie par le soleil.

Il alluma sa cigarette à l'aide d'un briquet qui, à distance, paraissait en or, et, quand il releva la tête, Jovis recula encore un peu, comme s'il avait peur d'être aperçu par son voisin.

C'était vraisemblablement Jean Farran. Émile et lui devaient avoir à peu près le même âge, mais l'autre était plus vigoureux, mieux découplé, et son attitude dénotait une assurance que Jovis n'avait jamais eue sinon quand, place de la Bastille, il jonglait avec les horaires et les itinéraires.

Il parlait, tourné vers l'intérieur, demandait, comme Émile un peu plus tôt à Alain :

— Tu sors ?

Était-ce au garçon qu'il s'adressait ou à la femme ? On n'entendit pas la réponse et Farran secoua sa cendre de cigarette par-dessus la balustrade, à laquelle il ne tarda pas à s'accouder. Son dos était aussi bien modelé que celui d'un moniteur de culture physique et son profil était celui d'un homme qui ne doute pas de lui-même.

Sans l'admettre, Émile en fut jaloux. Ce n'était pas juste. Il n'essayait pas de préciser ce qui n'était pas juste mais, après les nuits tumultueuses, ce n'était pas l'image qu'il s'était faite de son voisin.

— Tu n'as pas besoin de moi, Émile ? Je peux prendre mon bain ?

Après quinze ans de mariage, elle fermait encore à clef la porte de la salle de bains.

L'homme finissait sa cigarette, l'envoyait voler dans l'espace d'une pichenette et la suivait un instant des yeux avant de rentrer dans l'appartement.

Quelques instants plus tard, Jovis voyait la silhouette du garçon aux cheveux noirs et aux yeux sombres sur le trottoir. Il portait un short, lui aussi, mais il avait une chemise jaune à manches courtes. Il restait debout, indécis, regardant autour de lui comme pour chercher une inspiration, puis il se dirigeait lentement vers la gauche.

Émile sentit une présence à côté de lui. C'est son fils qui regardait comme lui le jeune voisin s'éloignant dans le désert de l'avenue. Quelques instants s'écoulèrent.

— Je vais faire un tour.

Déjà Alain s'éloignait, faisant claquer, comme d'habitude, la porte de l'appartement. Son père sursautait chaque fois. Il ne parvenait pas à comprendre cette brutalité qu'il considérait comme une sorte d'agression. Il n'osait rien dire, se souvenant de son père qui, quand il était jeune, apparaissait sur le seuil et le rappelait.

— Qu'est-ce qu'il y a ?

— Rien. Rentre un instant. Bon ! Maintenant, tu vas sortir et fermer la porte comme un être civilisé.

Les dents serrées, Émile obéissait mais, pendant des années, il en avait voulu à son père.

— Habitue-toi à te comporter vis-à-vis des autres comme tu voudrais qu'ils se comportent avec toi.

À table aussi. Rien n'échappait à son œil d'instituteur.

— Ton coude !

— Pardon.

Ou bien c'était la nappe sur laquelle il dessinait du bout de sa fourchette. Ou il baissait trop la tête sur son assiette.

Est-ce qu'il aimait son père ? Il le respectait, certes. Dans un certain sens, il l'admirait, surtout depuis qu'il avait un fils à son tour. Mais il n'avait jamais senti un véritable contact entre eux. Ils avaient cependant vécu seuls pendant des années dans le pavillon où une femme de ménage venait deux heures par jour et, le samedi, du matin au soir pour le grand nettoyage.

Son père jugeait et n'acceptait pas d'être jugé. Sous le regard calme, lucide, sans indulgence, qui se posait sur lui, Émile était pris de panique, et il aurait été capable de toutes les révoltes.

Pourtant, il ne s'était pas révolté. Il avait appris à fermer les portes sans bruit et à se tenir à table. Il avait appris aussi à tout faire de son mieux, même les choses les moins importantes, et c'est ainsi qu'il était devenu ce qu'il était devenu.

Quelques jours plus tôt encore, il en était fier. Il s'était élevé autant que possible, étant donné son point de départ, dans l'échelle sociale.

Le vieux M. Louis finirait par mourir. C'était à peu près certain que son fils, M. Armand, s'empresserait de moderniser les locaux du siège social, boulevard Poissonnière, et qu'il s'y installerait.

N'était-ce pas Émile, après sa réussite place de la Bastille, qui prendrait la tête de l'agence des Champs-Élysées ?

Cela constituait le plafond. Impossible d'aller plus haut, car il y avait un jeune Barillon qui, après avoir fait son droit, était dans l'affaire et prendrait à son tour la succession de son père. Il y en avait même deux, les deux frères, mais M. Jacques, lui, passionné de voitures et attiré par les femmes, donnait plus de soucis que d'espoirs.

Alain, à présent, marchait seul le long du trottoir, dans la direction qu'avait prise le jeune voisin. Alain était plus grand. Il n'était pas gras. S'il prenait plus d'exercice…

Jovis entendit un murmure de voix à côté. Cela lui arrivait, non à travers la cloison, comme la nuit, mais par les fenêtres ouvertes sur l'air calme et chaud du dimanche.

On ne distinguait pas les mots. Le ton était celui d'une conversation paisible, à bâtons rompus, et, à certain moment, Jovis dut reculer une fois de plus car la femme apparaissait au balcon.

Elle portait un peignoir de soie à petites fleurs multicolores, de fines mules dorées. Elle lui tournait le dos et il n'apercevait pas son visage, mais ses cheveux sombres lui tombaient dix bons centimètres plus bas que la nuque.

— Je croyais apercevoir Walter…

Elle fumait. Ses ongles étaient longs et rouges. Elle rentrait déjà, tout en parlant. D'autres hommes, d'autres femmes, dans les immeubles d'en face, allaient et venaient de la sorte, les uns sur un fond de musique, certains, solitaires, dans un étrange silence.

Est-ce que le vieillard aux yeux rouges était à sa fenêtre ? Avec qui vivait-il ? Quelqu'un devait prendre soin de lui, car il donnait l'impression d'un invalide qu'on installe à sa place, à heure fixe, et qu'on vient reprendre pour lui donner à manger comme à un enfant.

Cela pourrait arriver un jour à son père. Il était encore alerte et se suffisait à lui-même. Mais dans dix ans, dans vingt ans ?

— Tu t'ennuies ?

C'était la voix de Blanche, dans le living-room. Elle portait sa robe d'intérieur bleue, qu'elle ne quittait guère que pour sortir.

— J'observe les gens.

— Ils sont très différents de la rue des Francs-Bourgeois, tu ne trouves pas ?

— En moyenne, ils sont plus jeunes.

Il évoquait les passants, dans l'étroite rue du Marais, découvrait soudain qu'on y voyait une majorité de personnes âgées, surtout de vieilles femmes.

— Alain t'a dit où il allait ?

— Faire un tour.

— Il a l'air un peu perdu. Je me demande s'il s'habituera.

— Il ne tardera pas à trouver des camarades.

Il y eut un silence. Blanche arrangeait, dans un vase, les quelques fleurs qui restaient du bouquet que son mari lui avait offert pour leur entrée dans l'appartement.

— Je me trompe peut-être, prononçait-elle de sa voix qui n'était jamais passionnée ni dramatique, mais il me semble que les gens, ici, se lient moins facilement. Chacun vit sa vie.

Justement, parce qu'il avait cru le sentir, lui aussi, dès le premier jour, il se crut obligé de protester.

— N'oublie pas que nous sommes à peine installés, que beaucoup ne nous connaissent même pas de vue.

— Il n'existe pas de magasins, sinon le self-service où on ne pense pas à s'adresser la parole.

— Mme Lemarque te l'a adressée.

— Parce qu'elle avait besoin de moi.

— Découragée ?

— Non.

Elle émergeait sur le balcon à son tour.

— Tiens ! Voilà Alain qui revient. Il n'est pas seul.

Elle souriait, de son sourire effacé.

— Tu avais raison. Il n'a pas été long à trouver quelqu'un à qui parler.

Ils s'en revenaient ensemble, Walter et lui, échangeant des phrases, avec parfois des gestes qu'on ne pouvait comprendre de loin.

Alain était le plus grand. C'était lui aussi qui prenait le plus souvent la parole, non sans une certaine animation.

Calme, presque placide, l'autre écoutait, hochait la tête, égrenait parfois quelques mots. Tranchant sur son teint blanc, ses lèvres paraissaient très rouges et ressemblaient à des lèvres de femme.

Émile rentra vivement dans le living-room, car la voisine revenait sur son balcon. Pourquoi éprouvait-il le besoin de se cacher d'eux ? On aurait dit qu'il avait peur d'être reconnu, comme s'ils avaient pu le voir, la nuit, quand il les écoutait à travers la cloison.

Il aurait été capable de rougir sous leur regard, sous celui de la femme surtout, dont il avait l'impression de connaître l'intimité la plus profonde. Si on les avait présentés l'un à l'autre, il serait probablement resté sans voix, pris du désir de fuir.

— Ils rentrent tous les deux dans l'immeuble.

Il savait, mais il ne dit pas à Blanche qu'il savait. Il n'avait pas envie de parler des voisins avec elle et il était effrayé à l'idée que son fils allait le faire.

— Qu'est-ce qu'on mange ?

— Des côtelettes d'agneau et des haricots verts.

— Avec de la purée, je parie.

Alain n'appréciait pas la purée des dimanches.

— Non, avec des pommes de terre rôties. Cela me fait penser qu'il est temps de mettre les légumes au feu.

Alain ne faisait aucune allusion à sa nouvelle connaissance.

— Il habite la maison ? lui demandait sa mère.

— Qui ? Walter ?

— Il s'appelle Walter ? Walter qui ?

— Je ne le lui ai pas demandé.

— Il est français ?

— Sans doute. En tout cas, il parle le français aussi bien que moi. Pourquoi poses-tu cette question-là ?

— Je n'ai fait que le voir d'en haut, mais je lui ai trouvé un type étranger.

— Il y en a, au lycée, qui ont les cheveux aussi noirs que lui.

— Il est gentil ?

— Il achète tous les disques qu'il veut. Il m'a invité à aller les entendre quand j'en aurai envie.

— Tu iras ?

— Pourquoi n'irais-je pas ?

— Il ne t'a pas dit ce que fait son père ?

— Cela ne m'intéresse pas.

C'était une question qu'Émile lui avait souvent posée, lui aussi. Alain sortait avec des camarades, allait chez eux, mangeait parfois avec eux, et il aurait aimé savoir dans quelle atmosphère ils vivaient.

— Quel métier fait son père ?

Son fils se raidissait, donnant à la question un caractère différent de son caractère véritable. Il devait attribuer à Jovis un certain snobisme, ou le désir de voir Alain ne fréquenter que des gens « bien ».

N'était-on pas en train, dans l'appartement voisin, de questionner Walter ?

— Pour quand l'as-tu invité ?

— Quand il voudra. Il aime la même musique que moi, mais il n'a presque pas de disques.

— Il t'a dit ce que fait son père ?

Alain gagna sa chambre, Blanche la cuisine, et Émile se laissa tomber dans un fauteuil, attira à lui un magazine.

Il était heureux… Son père était heureux… Sa femme était heureuse… Alain ?…

Il devait en être ainsi. Il aurait dû en être…

— Du moment qu'on a sa conscience pour soi…

Et encore :

— Quand un homme fait son métier de son mieux…

Il le faisait. Jusqu'au bout. Jusque dans les moindres détails. Il allait, à l'instant, jusqu'à marcher du même pas que son père autrefois, avec Blanche à sa droite, son fils à sa gauche, un peu en retrait, de la démarche des dimanches après-midi, avec l'air convaincu ou inspiré des dévots qui suivent le Saint-Sacrement.

À trente-cinq ans, Blanche n'était plus désirable, si elle l'avait jamais été. Avait-elle encore un sexe ?

À cinquante ans, elle serait une vieille femme et à soixante elle aurait la taille épaisse, de grosses jambes déformées comme la plupart de celles qu'on voyait, en pantoufles faute de pouvoir mettre encore des souliers, faire leur marché rue des Francs-Bourgeois.

Il était heureux... Ils étaient tous heureux... Ils devaient l'être, ou alors il n'y avait plus de justice...

Ils marchaient à travers le lotissement, le long des cubes de béton d'où des regards tombaient sur eux, les suivaient comme on suit un insecte qui se faufile parmi les herbes.

Ils prenaient l'air. Ils inspectaient leur nouveau cadre de vie. Était-ce tellement pénible ou décourageant ?

Que faisaient-ils, les autres dimanches ? Une fois sur deux, ils se rendaient au Kremlin, emportaient une tarte pour le goûter, car son père aimait les tartes, surtout les tartes aux myrtilles.

On ne parlait pas beaucoup et les phrases ne se répondaient pas toujours. Le père était devenu dur d'oreille. Il fallait presque crier.

On n'osait pas regarder l'horloge à balancier de cuivre. Quant au jardin, il avait rétréci avec le temps et de la poussière couvrait le feuillage.

Ils étaient heureux.

D'autres dimanches, l'auto les emportait à cinquante ou cent kilomètres de Paris, s'insérait dans une file de voitures où les enfants étaient de mauvaise humeur ou impatients.

— Quand est-ce qu'on arrivera ?

— On pourra pêcher ?

Alain avait passé le temps de ces questions-là et se contentait de se tasser, renfrogné, dans un coin. On dénichait un carré d'herbe pour pique-niquer, ou on entrait dans un petit restaurant sur une route secondaire.

— Combien crois-tu qu'il y ait déjà d'habitants ?

Il sursautait, se répétait la question que Blanche venait de lui poser.

— Je ne sais pas. Quinze cents ? Deux mille ?

— Ils vont continuer à bâtir ?

— Il est question de dix nouveaux immeubles. Tiens ! C'est ici que se trouvera la piscine.

Blanche ne savait pas nager. Lui-même nageait mal. De son temps, un bon élève n'avait pas beaucoup de temps à consacrer aux sports. Et il fallait qu'il soit bon élève.

Puis bon employé, bon mari, bon père de famille, bon conducteur. Il n'avait jamais eu de contravention !

Fait-on tout cela pour rien ?

— Du moment qu'on a sa conscience pour soi...

Son voisin avait-il sa conscience pour lui ou bien s'en moquait-il ? Peut-être n'avait-il pas de conscience du tout ?

Blanche admirait, parce qu'on est supposé admirer. Et aussi pour lui faire plaisir à lui, puisqu'il était en quelque sorte le responsable de leur exode.

— Je ne me rendais pas compte que la vraie campagne était si près.

On atteignait le champ de blé.

— Tu as vu les coquelicots et les bleuets ? Ils ne te rappellent rien ?

Mais si ! Leur première promenade du dimanche. Il lui avait cueilli quelques bleuets, qu'elle avait piqués dans une boutonnière de son chemisier. Après quinze ans, elle lui en restait reconnaissante et le lui faisait savoir par un long regard attendri.

— On va encore loin ? s'impatientait Alain.

À son âge, Émile n'aimait pas non plus les promenades du dimanche, mais il n'osait pas le montrer. Curieusement, quand il les évoquait à présent, c'était avec nostalgie, comme il aurait pensé au paradis perdu.

Était-ce pour cela qu'il les imposait à son fils ? Ou simplement parce qu'il suivait la tradition familiale ?

— On aurait pu aller au cinéma.

— Par un si beau temps ?

Il fallait profiter du beau temps, respirer le bon air.

Ils découvraient, sur la gauche, un chemin qu'ils ne connaissaient pas. Des cultures s'étendaient des deux côtés et, sur un mamelon, on apercevait une vraie ferme, avec des vaches autour, une meule de foin. Blanche s'extasiait :

— C'est la vraie campagne !

Ils marchaient toujours, ne tardaient pas à voir un mince clocher qui semblait surgir du sol, puis la tour carrée d'une minuscule église, son toit d'ardoises grises.

Bientôt des maisons basses se dessinaient dans le paysage, la plupart peintes en blanc, une seule en rouge vif, ne formant pas à proprement parler des rues mais plantées au hasard. Chacune possédant son jardinet, quelques fleurs, des poireaux, des petits pois, des haricots verts grimpant le long de leur perche.

Un vieux en bras de chemise s'arrêtait de bêcher et s'essuyait le front de sa manche en les regardant passer.

— Tu connaissais ce village ?

— C'est plutôt un hameau. Il faudra que je consulte la carte. On ne m'en avait pas parlé.

— Regarde.

Une véritable épicerie de campagne, une boutique sombre, étroite, profonde, où l'on vendait de tout, de l'amidon et des bonbons, du pétrole et des boîtes de conserve, de la laine et des tabliers de travail.

— Quand je ne trouverai pas ce que je cherche à Clairevie, je saurai où venir.

Un peu plus loin que l'église, le mot *Café* s'inscrivait à mi-hauteur d'une maison peu différente des autres.

— Vous n'avez pas soif ?

Jovis s'excitait. Ils avaient découvert par hasard un but à leur déambulation, une note pittoresque.

— Moi, j'ai soif, répondit Alain.

La porte était ouverte et un chien roussâtre hésita un bon moment avant de se lever du seuil pour les laisser passer. Dans la pénombre, quatre hommes jouaient aux cartes. Il n'y avait que trois tables en tout, un drôle de comptoir trop court avec une énorme plante verte dans un cache-pot de faïence rose.

Un des joueurs se leva presque aussi péniblement que le chien roux.

— Qu'est-ce que vous voulez boire ?

— Une limonade, répondit Alain.

— Et toi, Blanche ?

— Ce que tu voudras. Tu sais, moi…

Elle n'avait jamais soif. Elle n'avait jamais faim. On lui en donnait toujours trop et elle disait immanquablement merci…

— Votre vin blanc est bon ?

— C'est ce que nous autres on boit.

Il y en avait une bouteille sur la table des joueurs où les partenaires attendaient, leurs cartes à la main, comme sur un tableau, juste en dessous de la loi sur l'ivresse publique.

— Une chopine ?

— Cela suffira pour nous deux, oui.

On aurait pu se croire à des centaines de kilomètres dc Paris, ou encore cinquante ans en arrière.

Ils s'assirent à une des tables et les hommes se remirent à jouer à un jeu qu'Émile ne connaissait pas. Une femme entrouvrit la porte vitrée de la cuisine pour les regarder, et c'était une vraie paysanne comme sur les images aussi, les seins sur un ventre énorme, vêtue d'une robe noire à tout petits dessins blancs. Elle avait même, sur une joue, une verrue plantée de quelques poils.

— Je suis heureux... Je suis...

Il se moquait de lui-même, s'en voulait de son état d'esprit. Avait-il acquis, en trente-cinq ans, assez peu de maturité pour que son équilibre ne résiste pas à un léger dépaysement ?

Car, enfin, ils n'étaient pas partis pour le Congo ou pour la Chine. Ils n'avaient fait qu'un saut minuscule de la rue des Francs-Bourgeois à ces bâtiments neufs dressés aux portes de Paris.

Il avait d'abord eu peur pour Blanche, d'accord. Il croyait alors que Blanche risquait de s'ennuyer, seule à la maison, dans un décor moins animé et moins « liant » que celui du Marais.

Or, elle s'en était tirée la première. À peine arrivée, elle avait trouvé à s'occuper et, tout à l'heure, elle leur montrait fièrement, un peu comme si c'était son œuvre, l'extérieur de la crèche-garderie, fermée le dimanche, et surtout la pelouse entourée de barrières blanches où on apercevait des jeux d'enfants.

Alain lui-même, ce matin, ne s'était-il pas fait un ami ?

— Je suis heureux, nom de…

Non ! Il ne jurait pas, fût-ce en pensée. C'était plus fort que lui. Cela tenait à une éducation qu'il s'efforçait d'inculquer à son tour à son fils.

Parce qu'elle lui avait si bien réussi ?

Il avait suffi de quelques phrases ordurières, de certains bruits, de gémissements, de cris évocateurs derrière un mur pour le troubler autant que s'il venait de faire une découverte effrayante.

Et il en avait fait une, en effet. Ces mots, il savait qu'ils existaient, pour les avoir entendus, prononcés par des camarades d'école, pour les avoir lus dans les urinoirs. Ces façons de faire l'amour, il en avait une connaissance théorique par des livres lus en cachette, par des articles de journaux. Cette frénésie, ce délire, cette bestialité… On en parlait même dans la Bible !…

Mais de savoir que, dans son immeuble, séparés de lui, de sa femme, de son fils, de leur vie, de leurs croyances, de leurs tabous par une simple cloison, des êtres se livraient à…

Pourquoi, soudain, ce besoin d'en apprendre plus, d'écouter, de se rapprocher de ces gens-là ?

Car il les avait guettés trois nuits de suite, s'efforçant de ne pas s'endormir alors qu'il tenait tant, d'habitude, à son sommeil, déçu quand il ne se passait rien ou quand il ne se passait que des choses assez ordinaires.

Il avait vu l'homme, plus grand que lui, plus fort que lui, plus beau que lui. Il ne donnait pas l'impression d'un malheureux rongé par son vice et par les remords. Il respirait la santé, la vie facile et libre.

La femme, dont il n'avait aperçu que le dos et les cheveux, devait être belle aussi.

S'il les avait rencontrés ailleurs, il ne se serait douté de rien. Derrière son comptoir, il les aurait accueillis avec empressement pour leur vendre les vacances les plus chères possible.

Leur fils, un peu gras, avait des attitudes de petit homme, mais Alain, si difficile dans le choix de ses camarades, l'avait déjà adopté.

Alors, qui avait raison ?

L'homme ne se levait pas à six heures et demie pour se rendre à son bureau. Il faisait chaque jour la grasse matinée, à côté d'une femme au corps désirable, dans un lit qu'Émile imaginait orné de fanfreluches comme la couche d'une courtisane.

Leur fils allait-il à l'école, au lycée ? C'était probable. Il devait posséder depuis longtemps un vélomoteur. On ne le lui avait pas fait attendre pendant des années, non seulement à cause de la dépense, mais par crainte d'un accident.

Il avait tous les disques qu'il voulait. Dans quelques jours, il serait, aux yeux d'Alain, une sorte de héros, d'idéal auquel il s'efforcerait de ressembler.

Jovis aurait-il eu l'idée, un dimanche matin, de rester en short, le torse nu, et de se montrer ainsi sur la terrasse ?

Ce n'était rien, d'accord, juste un détail banal, mais il connaissait l'importance de ces détails-là.

Il se connaissait bien aussi. S'il était si troublé, si fâché contre lui-même, c'est que ce n'était pas la première fois qu'il passait par une crise et que, chaque fois, cela s'était terminé par de l'amertume et de la honte.

Il était heureux…

Était-il heureux, par exemple, à dix-huit ans, le soi-disant « bel âge », quand il travaillait chez maître Depoux qui le traitait comme un valet malgré le bac qu'il venait de passer brillamment ?

Il se croyait un avenir, un avenir immédiat, promis par son diplôme, et il passait ses journées dans un bureau donnant sur la cour où il sentait mauvais.

Il s'était enfui. Comme il devait s'enfuir, plus tard, car c'était bien chaque fois une fuite, de la maison d'importation de la rue du Caire.

Aux Voyages Barillon aussi, à ses débuts boulevard Poissonnière, il avait été découragé et, le soir, il lisait les offres d'emploi dans les journaux.

Il apprenait l'anglais, l'allemand, l'espagnol. Il apprenait la comptabilité. Il aurait voulu tout savoir, pour monter plus vite…

Pour s'enfuir plus loin, plus haut ?

On reconnaissait enfin ses mérites. M. Armand le désignait pour l'agence de la Bastille où, deux ans plus tard, il remplaçait le directeur mort à son bureau d'une apoplexie.

Les locaux étaient remis à neuf. Il était comme le maître. Il déménageait, choisissait un appartement clair, sans papier à fleurs sur les murs, sans recoins poussiéreux, sans la sueur de plusieurs générations de locataires.

Le vin était trop doux, mais Blanche le buvait avec plaisir.

— Tu ne l'aimes pas ?

— Si.

Un canari sautillait dans une cage.

— Patron ! Je vous dois combien ?

Ils gênaient les joueurs de cartes, qui devaient se figurer qu'ils n'étaient entrés que par curiosité.

M. Armand, par exemple... C'était un homme important... Il était marié et avait deux fils... Il possédait une villa dans la forêt de Saint-Germain, à quelques kilomètres de Versailles, où il rentrait chaque soir... Il voyageait beaucoup, pour établir des contacts...

Or, quand il voyageait ainsi, c'était avec sa secrétaire, qui n'avait pas vingt-cinq ans. Il était à peu près sûr qu'il lui avait acheté un appartement, dans le XVIe, en dépit d'une autre liaison déjà ancienne.

Les employés le savaient. Ses amis devaient le savoir aussi. Dans les bureaux des Champs-Élysées, où le personnel était nombreux, la plupart des employées avaient couché avec lui. Elles ne lui en voulaient pas. Au contraire c'étaient elles qui le provoquaient.

Personne ne le critiquait. Il restait un homme respectable et prospère. Est-ce que, dans une chambre à coucher, dans un lit, il se comportait comme le voisin à l'auto rouge ?

— On rentre ?

— Si tu veux.

— On dirait qu'il va y avoir un orage.

Parce que le ciel semblait plus lourd à l'ouest et au sud.

— Si on demandait le nom du village ?

Il s'adressa au vieux qui bêchait et qui souleva son chapeau de paille.

— Le nom ? Bon Dieu, vous y êtes et vous ne le savez pas ? C'est Rancourt, pardi. Mais ce n'est pas un village. Il n'y a pas de mairie, ni d'école. Le bourg est là-bas, du côté de la ferme aux Boisrond.

— C'est exprès que vous marchez tous les deux si lentement, papa ?

Non. C'était le pas du dimanche. Ils se promenaient. Rien ne les attendait.

— Tu es pressé ?

— Cela me fatigue.

— On va marcher plus vite. Tu n'es pas fatiguée, Blanche ?

— Mais non...

Ils ne rencontrèrent qu'un couple. La femme poussait un landau de bébé. On se regarda en hésitant à se saluer. À la campagne, les gens se saluent. Mais dans les lotissements ?

Il butait sans cesse sur ce mot-là, en cherchait un autre sans le trouver. Il est quand même désagréable de ne pouvoir définir l'endroit où l'on vit.

— Où habitez-vous ?

— Clairevie.

— Où est-ce ? Qu'est-ce que c'est ?

— C'est...

C'était quoi ? Des maisons. Des blocs de béton avec des chambres, des living-rooms, des salles de bains et des cuisines.

Il ne s'avouait pas ce qu'il cherchait depuis qu'ils avaient entrepris cette promenade, s'efforçait de se tromper lui-même, de se donner le change.

En réalité, il avait envie d'aller voir le Carillon Doré, de se rendre compte par lui-même, de donner une réalité aux noms qu'il avait entendu prononcer : Alexa, Irène, Yolande...

Car il y avait une Yolande aussi, dont son voisin avait parlé la troisième nuit et qu'il traitait comme il traitait les autres. Yolande était la plus jeune et se montrait maladroite. Irène la bonne fille, debout dans la cabine téléphonique. Alexa, elle, était assez compliquée pour que la femme de Farran se fasse décrire ses faits et gestes et les copie.

Il avait besoin d'un tableau complet. Ces mots qu'il entendait créaient des images sans rapport avec la vie de tous les jours. Quand il verrait, quand il saurait, il se dirait sans doute :

— Ce n'était que ça !

Il ne pouvait pas proposer à Blanche de l'emmener dans une boîte de nuit.

— Tu me vois dans un endroit pareil, Émile ? Bâtie comme je suis et mal fagotée ?

Elle ne comprendrait pas qu'il s'y rende seul. Il fallait trouver une excuse. Jadis, quand il suivait des cours du soir, c'était facile, mais il n'en avait pas profité, sinon une fois, et il n'était pas allé jusqu'au bout.

Il lui arrivait de rester au bureau, en pleine saison, jusqu'à huit heures, rarement jusqu'à neuf, volets fermés, à liquider des dossiers, mais il n'était jamais rentré chez lui plus tard que neuf heures et demie.

— Pourquoi n'est-on pas allés chez grand-père ?

— Parce que je voulais montrer les environs à ta mère, je te l'ai dit.

— Il n'y a pas grand-chose à voir, tu ne trouves pas ?

Était-il comme ça à l'âge de son fils ? Il se le demandait sincèrement. Au fond, il finissait par se l'avouer, il pensait à peu près de la même façon, mais il n'osait pas le dire. Pas seulement à cause de son éducation, du respect qu'on leur inculquait alors. Il avait peur de faire de la peine. Maintenant encore. Il se surprenait à épier sa femme, son fils.

— Est-il heureux ?... Est-elle heureuse ?...

Le moindre nuage sur un front l'inquiétait. S'ils n'étaient pas heureux, ce ne pouvait être que par sa faute, puisqu'il était responsable d'eux.

Et lui ? Son bonheur ? Qui en était responsable ? Qui s'en préoccupait ?

Pas Alain, bien sûr. Il était trop jeune et il ne pensait qu'à lui.

Blanche, oui. Elle faisait ce qu'elle pouvait. Elle le faisait si fort que cela en devenait morne, décourageant.

Elle n'était pas seulement sa femme. On aurait même dit qu'elle n'était sa femme que de surcroît. C'était à la fois sa mère, sa sœur, sa servante. Elle trottait du matin au soir pour s'endormir enfin tout d'un coup, la bouche entrouverte, comme quelqu'un qui a accompli son devoir et qui n'en peut plus.

Ce n'était pas spécialement pour lui. Elle aurait sans doute agi de même avec un autre homme, parce que c'était en elle, un besoin de se dévouer, de se sacrifier.

Elle allait se dévouer à des enfants qu'elle ne connaissait pas parce que ses deux hommes, Émile et Alain, n'avaient plus assez besoin d'elle. S'il y avait eu un malade, un infirme à soigner, elle l'aurait fait avec la même ardeur.

Il l'avait choisie. Aurait-il choisi, en toute connaissance de cause, une femme comme celle de l'appartement voisin ? Aurait-il pu se mettre à son diapason et donner à sa vie sexuelle une importance capitale ?

Farran le faisait et était en meilleure forme que lui !

Un avion de tourisme passa à deux cents mètres à peine au-dessus de leur tête et le pilote les regarda graviter sur le ruban clair de la route.

Un avion… Un client qui… Un gros client…

Il se mettait à inventer l'histoire. Un gros client avait retenu sa place d'avion pour les États-Unis, ou pour le Japon, plutôt pour le Japon, il faudrait qu'il consulte les horaires.

Il avait oublié son passcport… Non, pas son passeport… Sa serviette… Il avait oublié sa serviette au bureau et on ignorait à quel hôtel il était descendu… Un Américain… Jovis était obligé de le rencontrer à l'aéroport pour lui remettre la serviette, qui contenait des documents importants, peut-être des traveller's cheques…

Il eut un léger sourire de satisfaction. Ce n'était pas tellement difficile, après tout. Il venait de résoudre la question.

Il alla couper un épi de blé.

— Tu aimes ? demanda-t-il à Blanche en le lui tendant. Tu grignotais des grains aussi quand tu étais petite ? Ils sont encore tout chauds de soleil. Cela sent la pâte qui lève…

Alain, qui ne disait rien et qui marchait en regardant par terre, devait les trouver ridicules.

5

La journée fut à la fois une des plus longues et une des plus courtes de sa vie. Depuis la veille que sa décision était prise, il avait hâte de la mettre à exécution et, à mesure que le temps passait, il était pris d'une sorte de vertige.

Il aurait voulu que ce soit tout de suite et, en même temps, il avait peur. Dès le matin, à la terrasse du tabac de la place des Vosges, après avoir conduit Alain au lycée Charlemagne, il lui vint de soudaines angoisses, avec de la sueur au front, un léger tremblement des mains.

Quel besoin avait-il de se rendre au Carillon Doré, de pénétrer, presque par effraction, dans un monde inconnu où il n'avait que faire ?

Car il se rendait compte qu'il y avait quelque chose d'agressif, de sournois, dans la visite projetée au cabaret de la rue de Ponthieu. Il n'y allait pas en client ordinaire. Son intention était d'épier.

D'épier quoi ? Les filles, dont il ne connaissait que le prénom et, à travers les paroles de son voisin, la façon de faire l'amour ?

Farran, assis sur un tabouret de bar en face du nommé Léon ?

Il y avait une histoire de voitures, de voitures probablement volées, « piquées » par Petit Louis.

Il avait lu, comme tout le monde, des histoires de truands, de filles, de drogue, d'autos maquillées, de trafics de toutes sortes qui avaient pour décor certains bars ouverts la nuit.

De temps en temps, on apprenait qu'un règlement de comptes avait eu lieu, que quelqu'un avait été abattu en entrant ou en sortant d'un de ces endroits-là.

Il était un honnête homme. Il n'avait jamais franchi la frontière entre le bien et le mal.

Cela ne tenait pas debout. Ce n'était pas la visite au Carillon qui ne tenait pas debout, c'était l'excuse trouvée la veille pour ne pas rentrer chez lui.

Il n'y avait guère que dix minutes en voiture entre son appartement et l'aéroport d'Orly. S'il avait une serviette à remettre à un quelconque Américain, rien ne l'empêchait de dîner avec sa femme et son fils, de passer la soirée à regarder la télévision, de faire un saut jusqu'à Orly, où il n'avait pas besoin d'une heure pour trouver son client.

— Un autre, garçon.

Cela devenait une habitude, presque un vice, et ce matin il commanda, à la dernière minute, un troisième verre de pouilly, qui lui procura un certain bien-être mais qui accrut son agitation.

En levant le volet de fer de l'agence, il se sentait coupable. Il n'avait encore rien fait. Il ne ferait certainement rien de mal. Il n'en avait pas l'intention. Ce n'en serait pas moins la première fois qu'il mentirait à Blanche.

Le lundi matin était toujours une grosse matinée, parce que la plupart des commerçants fermaient boutique et en profitaient pour venir discuter de leurs voyages ou de leurs prochaines vacances.

Joseph Remacle lui demanda :

— C'est moi qui vais à Orly, monsieur Jovis ?

Il avait oublié l'avion spécial. Des sociétés, des clubs sportifs louaient parfois un avion entier pour un voyage. C'était le cas ce matin. Un cas assez curieux, d'ailleurs, puisqu'il s'agissait de l'amicale des anciens commerçants du boulevard Beaumarchais.

Ils étaient une quarantaine de vieux et de vieilles qui avaient passé toute leur vie porte à porte et qui, l'âge venu, leur fonds de commerce revendu, avaient décidé de ne pas perdre le contact. Certains habitaient encore le quartier. D'autres étaient disséminés dans Paris, dans les environs et même en province.

Ils se réunissaient en principe une fois par mois pour un dîner amical dans une brasserie de la place de la République et, une fois l'an, ils entreprenaient un voyage.

Cette fois, ils avaient loué un avion qui leur ferait faire le tour de la Méditerranée et l'envol était prévu pour onze heures. L'agence, dans ces cas-là, se sentait responsable et un employé allait à Orly s'assurer que tout allait bien.

— D'accord, Remacle. Soyez à l'aéroport une bonne heure avant l'envol. Il y en a certainement, parmi eux, qui n'ont jamais pris l'avion.

Il venait de découvrir la solution. Un *chartered*, comme on dit en terme de métier pour les avions loués par un groupe.

Il allait en inventer un, qui partirait soi-disant vers minuit, par exemple, ou vers une heure du matin. Il lui suffirait de téléphoner à sa femme vers la fin de l'après-midi. Non ! Il oubliait le pauvre Alain qu'il fallait reconduire à Clairevie.

Il verrait. Il avait le temps d'y penser, entre deux clients, de mettre son histoire au point. Alain le tracassait le plus. Il n'avait pas envie d'aller à Clairevie avant sa visite rue de Ponthieu, craignant, une fois chez lui, de manquer de courage.

Or, c'était nécessaire. Il ne savait pas pourquoi c'était nécessaire, mais il le sentait.

Comme un besoin de voir, de toucher.

Il n'aimait pas les grands mots, mais on doit bien admettre que le bien et le mal existent. Jusqu'à la première nuit de Clairevie, il s'était fait, du mal, une idée peu engageante, presque hideuse, un peu comme les peintures de l'enfer.

Or, le diable qu'il venait de rencontrer n'avait pas ce visage-là. Après les nuits tumultueuses, les mots indécents, les ébats dont il connaissait les moindres détails mais qu'il refusait d'évoquer, il revoyait Farran sur le balcon, blond, souriant, en short, allumant sa cigarette avec un briquet qui était probablement en or.

Était-ce l'image que se fait d'un damné quelqu'un qui a été élevé dans un pavillon du Kremlin-Bicêtre par un père instituteur, qui a épousé Blanche et qui a toujours été un employé modèle suivant les cours du soir ?

La femme non plus, en peignoir de soie à petites fleurs, ses cheveux bruns et souples ondulant sur les épaules, n'avait rien d'une damnée.

Il n'avait pas entendu ce qu'ils disaient, le dimanche matin, mais les voix étaient paisibles, heureuses, et c'était un Walter paisible aussi qui était descendu pour se promener.

Il fallait absolument…

Il aurait préféré que ce soit tout de suite. Il craignait, à mesure que la journée s'écoulait, que son courage l'abandonne. Tout à l'heure, peut-être trouverait-il son projet ridicule et y renoncerait-il ?

— Allô !… Je vous entends très bien… Non… Il n'y a pas de ligne directe… Vous ferez escale à Rome, où vous n'aurez qu'une heure à attendre… À votre service !… Je vous donnerai plus de détails lorsque vous passerez prendre votre billet… Il est prêt, oui… Première classe…

Il déjeuna seul dans son bistrot de la rue Jacques-Cœur. Il ne se rendit même pas compte de ce qu'il mangeait. Heureusement que, vers trois heures, M. Armand passa à l'agence pour lui parler de certains projets, ce qui l'occupa pendant près de deux heures.

Tant pis ! Il était obligé d'écluser Alain, qu'il n'avait pas le cynisme de mettre dans un car.

Il vint au bureau, comme les autres jours, regarda les affiches en l'attendant, puis tous deux allèrent chercher la voiture parquée de l'autre côté de la place.

— Plus que huit jours…

Il n'y avait plus que huit jours à passer avant les vacances scolaires. Il devrait alors conduire Blanche et son fils à Dieppe, où il passerait les week-ends avec eux. D'habitude, cela ne lui était pas trop désagréable de rester seul. Il s'organisait une petite existence de célibataire ou de veuf qui ne manquait pas de charme.

Cette fois, il était dérouté. Rue des Francs-Bourgeois, c'était facile. Mais comment cela se passerait-il dans le nouvel appartement, où il n'avait pas encore sa place ? Il avait essayé son fauteuil dans trois coins différents du living-room et le dernier arrangement des meubles n'était pas définitif.

— Tu as bien travaillé ?

— On ne fait à peu près plus rien.

— Qu'est ce qu'il t'a raconté, hier, ton nouvel ami ?

— Ce n'est pas un ami.

— Il est sympathique ?

— Je ne sais pas encore.

— Il va au lycée de Villejuif ?

— Je ne le lui ai pas demandé. Je te l'ai déjà dit hier : nous avons surtout parlé de jazz.

Son insistance irritait le gamin qui n'aimait pas être interrogé sur ce qu'il considérait comme son domaine. Questionnait-il son père sur sa vie au bureau, sa mère sur les poupons de la crèche-garderie ?

L'auto rouge n'était pas devant l'immeuble. On ne vit pas Walter à la fenêtre.

Le dîner était prêt et il n'osa pas refuser de manger avec sa femme et son fils. Il le regrettait. Il avait espéré manger en ville, seul dans un coin de restaurant, pour se mettre peu à peu en train.

— Je suis obligé de sortir, mes enfants.

C'était si inattendu qu'ils le regardèrent tous les deux, la fourchette suspendue dans l'espace.

— Un groupe de gens importants, des experts financiers, doit se rendre au Japon de toute urgence. Je ne suis pas dans le secret des dieux, mais je soupçonne qu'on s'attend à la faillite d'une grande banque nippone où des intérêts français sont impliqués...

Il fignolait. Il en faisait trop.

— Il m'a été impossible de les caser dans les avions réguliers. Je leur ai organisé un voyage spécial, ce qui n'a pas été facile en un si court délai, surtout à la période des vacances.

— Tu vas à Orly ? Je peux t'accompagner ?

Alain était déjà excité.

— Non, je ne vais pas à Orly tout de suite. Je dois d'abord me rendre au bureau, où j'attends certaines précisions, puis à la direction. Il faudra aussi que j'avise chacun des intéressés, puis que je me trouve à l'aéroport une heure avant le départ.

— Quand comptes-tu rentrer ?

— Probablement pas avant deux heures du matin.

Il n'avait pas rougi. Il était surpris de se sentir si à l'aise pendant qu'il mentait ainsi à sa femme et à son fils.

— Pour l'agence, c'est une grosse affaire.

Il s'essuyait les lèvres, se levait.

— Dormez bien, mes enfants. J'essayerai de ne pas faire de bruit en rentrant.

Au moment où il s'installait dans la voiture, tandis que Blanche était accoudée au balcon, il vit arriver l'auto rouge décapotable et cela le contraria. L'homme en descendait, se dirigeait vers l'entrée de l'immeuble sans avoir l'air de remarquer sa présence.

Pourquoi Farran ne dînerait-il pas chez lui avant de se rendre au cabaret ? À moins que celui-ci ne ferme un jour par semaine, comme beaucoup de restaurants, et que ce jour ne soit précisément le lundi ?

Sur l'autoroute, il roula plus vite que d'habitude, comme s'il était en son pouvoir d'accélérer la fuite du temps. Il avait hâte de savoir.

De savoir quoi ?

Cela n'avait plus d'importance. Il ne se posait pas de questions. Ce qui comptait, c'était d'atteindre le Carillon Doré, d'y entrer, de voir.

Il tourna longtemps dans le quartier des Champs-Élysées à la recherche d'un parking avant de se souvenir qu'il en existait un sous l'avenue George-V.

Il marchait, regardait sa montre. Il n'était pas neuf heures du soir et le cabaret n'ouvrait sûrement pas ses portes avant onze heures ou minuit.

Au coin de la rue Washington, une fille lui lança un coup d'œil interrogateur, comme si elle attendait un signal de sa part. Avait-il l'air d'un homme qui s'adresse à ce genre de femmes ? Quand il s'éloigna, elle haussa les épaules et reprit sa faction.

Il tourna en rond pendant vingt minutes, finit par entrer dans un cinéma. L'ouvreuse aussi, lui sembla-t-il, l'observa avec insistance, comme s'il aurait dû lui demander quelque chose. De le placer près d'une jolie fille, peut-être ?

C'était un film de guerre ; certains passages étaient assourdissants, à cause des canons, des avions, des mitrailleuses qui s'en donnaient à cœur joie. Les hommes couverts de boue, l'arme braquée en avant, se suivaient en file indienne dans un marécage.

Il avait eu tort d'annoncer qu'il passerait par l'agence. À supposer que sa femme veuille lui parler, elle téléphonerait et personne ne répondrait.

C'était ridicule. Elle n'avait jamais eu rien d'urgent à lui communiquer. Il n'y avait aucune raison pour qu'Alain se blesse, ou que Blanche soit prise d'un malaise.

En dehors des suites fâcheuses de ses couches, elle n'avait jamais été malade et il ne se souvenait pas de lui avoir vu passer une journée au lit. Même quand elle avait la grippe, elle refusait de prendre sa température et vaquait aux soins du ménage.

Elle était heureuse, quoi ! Ils étaient tous heureux !

Qu'est-ce que cela changerait qu'il cède à une petite curiosité et pousse la porte d'une boîte de nuit ?

Il se retrouva dehors à l'heure où tous les cinémas dégorgeaient sur les trottoirs leur plein de spectateurs et il fut un moment à s'orienter. Trois femmes, à présent, se tenaient au coin de la rue Washington et elles paraissaient fort bien s'entendre.

Cela ne les gênait donc pas de faire ce métier l'une devant l'autre. L'une d'elles était jeune, encore fraîche. Elle lui sourit et il faillit, par politesse, pour ne pas lui faire de peine, lui rendre son sourire.

La rue de Ponthieu était plus animée que pendant la journée. Des enseignes au néon, rouges, bleues, jaunes ou vertes, signalaient les cabarets, les bars, les restaurants.

Tandis qu'il s'approchait du Carillon Doré, sa respiration était presque coupée et il dut faire un effort pour tendre le bras vers le bouton de la porte et pour pousser celle-ci.

— Votre chapeau, monsieur…

Une personne en jupe très courte tenait le vestiaire dans un coin protégé par une balustrade. À gauche, il vit un bar d'acajou, des tabourets qui étaient presque tous occupés.

Les lumières couleur tango, comme on disait jadis, étaient si tamisées qu'il fallait s'habituer au clair-obscur.

— Une bonne table, monsieur ?

Le maître d'hôtel essayait de l'entraîner vers le centre de la pièce où des tables, chacune avec un seau à champagne et une bouteille à gros bouchon doré, entouraient une piste minuscule.

Il faillit s'y laisser prendre, se tourna vers le bar, vit un tabouret libre à côté de celui occupé par une femme en robe jaune.

— Je préfère rester ici.

— Comme vous voudrez.

« Raté ! » semblait se dire le maître d'hôtel, comme tout à l'heure la fille du coin de la rue Washington.

Il se hissa sur le tabouret. Le barman passa une serviette sur le bar devant lui, le regarda d'un œil interrogateur.

— Qu'est-ce que vous prendrez ?

— On peut avoir un demi ?

— Je regrette, nous n'avons pas de bière. Seulement du champagne, du whisky, du gin et de la vodka.

Tous devaient se rendre compte qu'il mettait pour la première fois les pieds dans un endroit de ce genre, et sa voisine détourna la tête pour cacher un sourire, peut-être pour adresser un clin d'œil à Léon.

Un Léon plutôt petit, joufflu et rose, qu'on aurait pu rencontrer n'importe où. Jovis lui trouva l'air d'un coiffeur.

— Whisky, murmura-t-il.

Il n'en avait bu que deux ou trois fois, entre autres à l'anniversaire de Remacle, qui avait offert le whisky pour tous ceux de l'agence dans un bar de la Bastille. Cela n'avait pas bon goût, mais ce n'était pas tellement fort.

Il regarda le liquide jaunâtre qu'on versait dans son verre.

— Eau à ressort ?

— S'il vous plaît.

— Tu m'en serviras un aussi, Léon.

Sa voisine s'était tournée vers lui et lui lançait des coups d'œil curieux.

Quant à lui, il cherchait Farran du regard, s'étonnait de ne pas l'apercevoir. Il y avait surtout des hommes au bar, en dehors de sa voisine et d'une fille brune, à robe dorée, accoudée à l'autre bout. Pourquoi décida-t-il que celle-là était Alexa ?

Sa robe lui collait à la peau et il était impossible qu'elle eût quelque chose dessous. Il se demandait comment elle pouvait la mettre et l'enlever.

Le corps était souple, onduleux, sans doute tendre et ferme sous la main. Leurs regards se croisèrent. Elle ne lui sourit pas, mais il lut de la curiosité dans ses yeux.

N'avaient-ils jamais vu, au Carillon, un homme comme lui ? Trois des clients, au bar, étaient plus jeunes et discutaient d'une affaire de cinéma. Jovis n'entendait pas tout, comprenait seulement qu'il s'agissait de devis, de garantie sur la distribution, de coproduction avec l'Allemagne.

Comme il sortait une cigarette de sa poche, Léon lui tendit la flamme d'une allumette tandis que sa voisine allumait un briquet.

Il hésita entre les deux flammes et, comme le barman lui paraissait un personnage plus important, c'est l'allumette qu'il choisit.

La femme rit.

— Ce n'est pas gentil pour moi.

— Je vous demande pardon. Je ne me suis pas rendu compte tout de suite que…

— Ce n'est rien. Vous venez souvent ?

Elle savait que non, puisqu'ils ne se connaissaient pas et qu'elle était sans doute depuis un certain temps dans la maison.

— C'est la première fois.

Il ne fallait pas tricher. On s'en apercevrait tout de suite et on se méfierait de lui. Il n'avait pas la conscience tranquille et se considérait un peu comme une sorte d'espion.

— Parisien ?

— Oui. À peu près. Depuis quelques jours, j'habite hors de Paris.

— Vous avez de la chance.

Elle n'était pas provocante. Elle lui parlait gentiment, sans se forcer. Son visage n'avait rien d'exceptionnel. Elle n'était ni belle ni laide, fraîche et douce, sans complications.

Pourquoi était-ce l'autre, celle qu'il supposait être Alexa, qu'il regardait par-dessus son épaule ?

— Tchin-tchin !

Il répéta, honteux de prononcer un mot aussi ridicule :

— Tchin-tchin !

Si son père... Si sa femme...

Elle vida son verre d'un trait.

— Vous aimez le scotch ?

— Pas trop. Je préfère la bière.

— Moi aussi. Je suis d'ailleurs alsacienne. De Strasbourg. Vous connaissez Strasbourg ?

— J'y suis allé deux fois.

— Vous avez mangé à l'Aubette ?

Il allait répondre que non quand, dans le miroir qui se trouvait derrière les rangs de bouteilles, il reconnut le visage et les épaules solides de son voisin de Clairevie. Farran se tenait immobile, parlant à mi-voix au maître d'hôtel, faisant du regard le tour de la salle et du bar, observant chaque consommateur, en propriétaire.

Comme il se faufilait pour rejoindre la femme à robe dorée, il lança :

— Salut, Irène.

— Salut, Jean.

Il eut, en passant, un regard indifférent pour Jovis et, l'instant plus tard, il posait un petit baiser dans le cou de celle qui était sûrement Alexa.

Quelques couples dansaient encore sur la piste quand les musiciens s'interrompirent brusquement. Un roulement de batterie suivit, les lumières s'éteignirent et des projecteurs bleuâtres firent sortir de nulle part une femme rousse en costume 1900.

L'orchestre jouait maintenant *Viens Poupoule* et la femme tournait à petits pas dansants autour de la piste, tapotant au passage, du bout de son éventail, un monsieur chauve assis à sa portée.

Les clients des tables regardaient de tous leurs yeux ; ceux et celles du bar, blasés, n'accordaient qu'une vague attention au numéro et les conversations se poursuivaient à voix basse.

— C'est Mabel... souffla Irène. Elle a dansé le french-cancan au Tabarin avant qu'on ne le démolisse pour en faire un garage.

Elle portait un chapeau à fleurs extravagant, une robe d'époque avec fausse croupe ou panier, en soie chatoyante, un boa de plumes autour du cou. Quand elle se troussait, à chaque entrechat, on découvrait ses bottines montantes en cuir noir.

— C'est la seule vraie danseuse ici, mais elle n'a plus d'assez beaux seins et on la fait passer en premier.

Elle parlait d'un ton uniforme, sans passion, sans envie.

— Je vais me préparer, car je passe après elle. À tout de suite.

Elle lui donnait ainsi une sorte de rendez-vous et cela le gêna, car il n'avait rien fait pour cela. Il s'était contenté de répondre à ses questions. Leurs propos avaient été fort simples, sans rien d'équivoque.

— Amuse-toi bien, mon chou.

Il chercha Farran des yeux, rencontra son regard fixé sur lui. Ce n'était peut-être qu'un hasard. Jovis détourna la tête et, un peu plus tard, c'est Alexa qui paraissait l'observer.

Sur la piste, Mabel avait lancé son boa de plumes vers le public et elle déboutonnait sa robe qui, quelques instants plus tard, tomba à ses pieds. Elle portait des dessous abondants, très étoffés, à la mode d'autrefois, et ce fut le tour des jupons, du cache-corset.

En musique. Des petits tours à pas dansants, des plaisanteries muettes aux spectateurs du premier rang.

Il chercha la cabine téléphonique des yeux, parce qu'il pensait à la scène entre Irène et Farran. Les cabines, dans les endroits publics, ont d'habitude une porte vitrée, de sorte que n'importe qui, en passant...

Cela l'étonnait de la part de la fille qui se tenait à côté de lui un instant plus tôt. Elle était toute simple, lui parlait comme à un camarade. Il est vrai que, pour les gens d'ici, cela devait être banal de faire l'amour.

Les quatre musiciens portaient des vestes à rayures. À cause des projecteurs, on distinguait à peine les visages. La danseuse s'avançait vers le client chauve dont elle avait tapoté la tête de son éventail et l'invitait à délacer son corset.

Il se levait, souriant bêtement. Elle se frottait à lui. C'était un homme de soixante ans, soigné, vêtu avec recherche, qui devait être quelqu'un d'important dans la vie courante, directeur ou sous-directeur. Demain, il réprimanderait un employé arrivé en retard, une dactylo fatiguée.

Pour retirer la culotte à festons, la femme accompagnait son geste d'une mimique de pudeur effarouchée, mais il lui restait encore une chemise de linon transparente.

Encore un tour. Elle faisait face, s'arrêtait, tournait le dos. La chemise s'envolait par-dessus sa tête au moment où la musique s'arrêtait.

Jovis eut un serrement de gorge à la vue du corps nu, de ce dos, de ces fesses. Il se demandait si la femme allait se retourner. Non, bien sûr ! Les projecteurs s'éteignaient, les lampes s'allumaient. Elle avait disparu.

Il n'était pas troublé sexuellement. Il aurait été en peine de dire ce qui se passait en lui. Il était gêné d'être là, d'abord, comme l'homme au crâne chauve, comme les autres qui avaient suivi le maître d'hôtel vers le premier rang.

— La même chose ?

Il se retourna. Le barman tenait la bouteille au-dessus de son verre et il n'osa pas protester.

— Je sers Mlle Irène aussi ?

Ce détail le choquait. Tout était organisé. Ils étaient quelques-uns à s'entendre pour soutirer aux clients le plus d'argent possible et lui, Jovis, était un de ces clients.

Cela ne l'empêchait pas d'être en proie à une certaine surexcitation, à cause de la musique, de la lumière, de la présence à ses côtés, tout à l'heure, d'une fille qu'il ne connaissait pas la veille et aussi, malgré tout, de ce nu qui, sous les feux des projecteurs, devenait comme un symbole.

Les gémissements, les mots prononcés par la femme, derrière la cloison, lui revenaient en mémoire, sa voix rauque, parfois ses râles.

On aurait dit que l'amour, pour elle, était une épreuve dramatique, déchirante, un culte, avec ses rites qu'il fallait suivre jusqu'au bout.

Il n'y avait que Farran à conserver son calme, son ironie. Où allait-il, à présent ? Il passait près de Jovis, se faufilait, atteignait une petite porte, près du vestiaire. L'instant d'après, un nouveau roulement de la batterie annonçait un numéro, et c'était Irène que l'on découvrait après les quelques secondes d'obscurité traditionnelle.

Elle était en petite fille modèle, ce qui gêna davantage Jovis. Il aurait pu avoir une fille au lieu d'un fils. Telle qu'il la voyait, à distance et dans cet éclairage, elle paraissait à peine quatorze ans, comme Alain.

Il fut tenté de s'en aller. Il avait vu. Qu'avait-il besoin d'en apprendre davantage ? Il se tourna vers le bar, rencontra le regard de Léon qui semblait lui ordonner de rester.

C'était ridicule ! Le petit homme grassouillet ne lui disait pas un mot et ses yeux bleus n'avaient aucune expression particulière. Pourtant, Jovis n'aurait pas osé lui demander :

— Qu'est-ce que je vous dois ?

En outre, il se croyait obligé de regarder Irène, qui lui avait parlé gentiment. Elle avait maintenant les seins nus, des seins de jeune fille, petits et ronds. Il eut l'impression qu'elle le cherchait des yeux, qu'elle lui adressait un signe.

Elle ne se retourna pas, comme la première danseuse. Quand elle laissa tomber son dernier vêtement, elle faisait bravement face au public, mais son sexe, qui devait être blond, comme ses cheveux, était voilé d'un triangle de soie noire.

Le barman applaudissait. Émile se crut obligé d'applaudir aussi cependant qu'Irène se faufilait vers une porte au fond. Alexa n'était plus à sa place, au bout du bar. Il fut étonné, quelques instants plus tard, de la retrouver, en fourreau noir, au milieu de la piste, saluée par des applaudissements.

Une voix lui disait à l'oreille :

— C'est la vedette.

Irène était revenue, saisissait son verre en murmurant :

— C'est gentil à vous de m'avoir fait servir.

— Chut !

Alexa, étendue sur une chaise longue style Récamier, paraissait en proie à un rêve. Devant un faux miroir, elle admirait sa ligne qu'elle soulignait de la main, caressait sa poitrine, son ventre, ses cuisses, mimant l'extase.

— Elle est formidable, vous ne trouvez pas ?

— Je ne m'y connais pas.

Il subissait, sans être dans le jeu. Tout se déroulait en dehors de lui et il n'avait pas l'impression d'être réellement au bar avec une femme qu'il ne connaissait pas et qui le traitait en ami de toujours.

Elle laissa tomber sa chaussure, qu'il hésita à ramasser, le fit, remit le soulier au pied, ce qui l'obligea à toucher la cheville.

Il n'en ressentait pas de trouble sexuel, peut-être parce que c'était ce qu'on cherchait à provoquer chez lui, chez tous ceux qui étaient là en qualité de clients.

Son trouble à lui était différent. Il observait le barman comme il observait Farran qui venait de réapparaître et restait le dos à la porte. La jeune fille du vestiaire était immobile à son poste, le maître d'hôtel, les garçons.

Il se sentait le centre d'une organisation qui le fascinait et lui faisait un peu peur. Tout se passait comme dans une machinerie bien réglée. Les gens avaient à peine besoin de se chuchoter un mot à l'oreille. Des signes imperceptibles suffisaient. Chacun, à sa place, jouait son rôle automatiquement.

Il n'était qu'un intrus... Pas même un client... Car il n'était pas un vrai client et cela devait se voir à son attitude, à son comportement...

— Vous verrez tout à l'heure quand elle va jouir...

Il tressaillit, regarda vivement Irène qui disait cela le plus naturellement du monde.

— Je n'affirme pas qu'elle jouit réellement... Enfin, c'est le numéro...

C'était vrai. L'atmosphère devenait plus lourde, le silence plus profond, angoissé, ponctué par de rares accords de la contrebasse.

Cela tenait du culte. Le visage exsangue d'Alexa était renversé en arrière, ses lèvres pourpres entrouvertes dans un rictus, et son corps se tordait sous les griffes d'un plaisir douloureux.

Il allait parler. Sa compagne lui fit signe de se taire. Même les habitués du bar avaient interrompu leurs entretiens à voix basse. Tout le monde regardait, anxieux, attendait la délivrance.

C'était du chiqué, du bazar, soit, mais il n'en était pas moins à des lieues de sa petite vie honnête et courageuse. S'il avait vu tout à coup Blanche devant lui, et même son fils Alain, il ne leur aurait probablement pas accordé un coup d'œil.

La main d'Irène se crispa sur son épaule et il ne trouva pas le geste gênant. Était-ce par énervement qu'elle lui enfonçait les ongles jusqu'à la peau ? Il le sentait à peine.

Un dernier spasme et Alexa sautait sur la piste. Puis, tandis que des bravos soulagés la saluaient, elle retirait, en guise de salut, son fourreau noir qu'elle agitait au-dessus de sa tête comme un drapeau.

Une lumière, dorée cette fois, comme sa peau.

— Elle est belle, tu ne trouves pas ?

Elle venait de dire tu. Elle se laissait glisser de son tabouret et murmurait :

— Viens…

Il n'eut pas le temps d'hésiter, de réfléchir. Pourtant, il savait. On se jouait de lui comme d'une marionnette. Tout était faux.

Non. Tout n'était pas si faux puisque, de retour chez lui, Farran et sa femme…

— Qu'est-ce qu'elle t'a fait ?…

Il suivait Irène vers le vestiaire, sans savoir au juste où elle le conduisait. Elle ne se dirigeait pas vers la porte à laquelle Farran était toujours adossé, mais vers la sortie.

— Nous revenons tout de suite, disait-elle à la jeune fille qui cherchait le chapeau de Jovis ou qui feignait de le chercher.

Ils étaient sur le trottoir. C'était curieux de voir des passants, des devantures, une rue, des maisons, mais déjà Irène franchissait la porte voisine surmontée du mot : *Studios*.

— C'est très bien, ici, tu verras.

Ils montaient en ascenseur, franchissaient un couloir, et la jeune femme lançait à une personne invisible :

— Je vais au 4.

Il ne s'attendait pas à se trouver dans un salon moderne, de bon goût, où une bouteille de champagne les attendait dans son seau.

— Débouche-la, veux-tu ? Je meurs de soif ! Au fond, je n'ai jamais aimé le whisky, qui me laisse un mauvais goût dans la bouche.

Elle se regardait dans un miroir, remettait un peu de bleu autour de ses paupières.

— Tu n'es jamais venu ? Attends. Je vais t'aider.

C'était elle qui débouchait la bouteille.

— Marié, hein ? Je suis sûre que ta femme est jolie. Peut-être plus jolie que moi. Avoue que tu aurais préféré venir avec Alexa !

Il s'efforça de protester.

— Chut ! J'ai vu comme tu la regardais. C'est la même chose avec tous les hommes. Moi, je ne suis que le hors-d'œuvre. La prochaine fois, tu auras Alexa. J'essayerai de ne pas trop te décevoir. Tu ne bois pas ?

— Si.

Il était trop tard pour reculer sans la blesser, sans créer peut-être un incident avec les tenanciers du meublé, ou avec Farran, qu'il soupçonnait d'être le propriétaire du Carillon.

— Je ne te plais pas ?

— Si.

— Mon numéro n'est pas au point. Il faut que je le travaille encore, mais nous sommes obligées de changer de temps en temps. Il y a des habitués, certains qui viennent deux et trois fois par semaine, surtout pour Alexa.

— Qui est-ce, le grand blond qui se trouvait tout à l'heure au bar avec elle ?

— Je ne sais pas. Un de ses amis, je suppose.

— Il vient souvent aussi ?

— De temps en temps.

Elle mentait. Cela l'ennuyait. Elle remplissait les verres et l'invitait encore à trinquer.

— Tu ne trouves pas qu'il fait chaud ? Tu permets ?

Elle retirait sa robe, sous laquelle elle ne portait qu'une culotte et un soutien-gorge.

— Tu ne te déshabilles pas ?

Lui tournant le dos, elle se penchait vers un canapé qu'en quelques mouvements précis elle transformait en lit.

— Attends que je t'aide.

Elle lui défaisait sa cravate, déboutonnait sa chemise.

— Où m'as-tu dit que tu habites ?

— Aux environs de Paris.

— La banlieue ?

— Pas tout à fait. Un peu plus loin.

Du bout de ses ongles, elle dessinait des arabesques sur sa peau nue et il frissonnait.

— Tu n'as pas envie de moi ?

Il répondit gauchement :

— Je ne sais pas.

Il s'en voulut de cette phrase, de cette acceptation.

— Au fond, tu es un type épatant.

— Pourquoi ?

— Parce qu'on lit sur ton visage tout ce que tu penses.

— Qu'est-ce que je pense ?

— Tu as peur de moi. Viens ! Bois une autre coupe.

Il se laissait faire, renonçant à une résistance qui serait vaine. Ils étaient nus l'un et l'autre et cela lui semblait presque naturel.

— Couche-toi ici… Non… Plus près… Ne bouge pas…

Il pensait à la cabine téléphonique, aux voix dans la chambre voisine, aux mots que criait la femme en délire, et c'est sans doute ce qui le sauva.

Il ne voyait rien, ne regardait rien.

— Viens, maintenant… Chut…

Il ne voulait pas penser non plus. Il était en dehors de la réalité et du temps. Ce n'était pas lui, Émile Jovis, qui, soudain, pris d'une sorte de rage…

— Qu'est-ce que tu fais ?

Si elle n'avait pas vraiment peur, elle était surprise.

Quand il abattit enfin son visage sur l'épaule de la femme, elle murmura encore :

— Eh bien, toi !

Il ne se redressait pas tout de suite, car il avait envie de pleurer d'humiliation. Lui aussi, à certain moment, venait de prononcer, presque de crier, des mots entendus derrière la cloison, et on aurait pu croire qu'il cherchait à anéantir la femme toute blanche dans ses bras.

Elle l'observait à la dérobée, se versait à boire. Peut-être avait-elle eu vraiment peur ?

— Qu'est-ce que tu diriges ?

Il ne comprit pas immédiatement.

— Tu penses que je dirige quelque chose ?

— Tu n'es sûrement pas un simple employé.

Il la voyait, dans le cabinet de toilette dont elle avait laissé la porte ouverte.

— Tu ne viens pas ?

C'était une épreuve de se laver devant elle.

— Tu dois avoir un poste important, à moins que tu ne sois à ton compte.

— Je ne suis pas à mon compte.

— Remarque que je ne suis pas curieuse.

— Je dirige une agence de voyages.

Il ajouta, adoptant le mot de M. Armand :

— En somme, je vends des vacances.

Il se rhabillait rapidement, se demandant combien il devait lui donner. Il n'en avait aucune idée. Le luxe du studio l'impressionnait.

— À qui dois-je payer le champagne ?

— Tu déposes ce que tu voudras sur la table.

— Et toi ?

— C'est compris.

Il essayait de calculer, lui tournait le dos pour fouiller dans son portefeuille. Il y prit d'abord deux billets de cent francs, en ajouta un, puis un autre.

Alors qu'elle se tenait devant le miroir, il les posa sur la table.

— Tu m'offriras une autre bouteille au Carillon ?

Il n'osa pas dire non. Sa montre marquait une heure dix. Normalement, d'après ce qu'il avait annoncé à Blanche, il devrait rentrer vers deux heures, mais Blanche était loin, dans un autre monde, aussi irréelle que leur appartement.

La fille arpentait deux ou trois fois la pièce comme en cherchant si elle n'avait rien oublié et, quand il regarda à nouveau le guéridon, les billets avaient disparu.

— Viens. Je dois refaire mon numéro dans une vingtaine de minutes. Certains soirs, on passe jusqu'à cinq fois. Il y a des jours où on refuse du monde. Le lundi est un jour creux.

Il la suivit dans le couloir, dans l'ascenseur, retrouva la rue pour un instant, et c'est seulement quand il s'enfonça dans l'atmosphère épaisse et vibrante du Carillon Doré qu'il commença à avoir peur.

Il lui sembla que la demoiselle du vestiaire le regardait d'une autre façon que quand il était arrivé la première fois. Léon, par-dessus les têtes, avait l'air de le cueillir, de l'attirer, et, comme il n'y avait pas de tabourets libres, il déplaça deux clients.

Cela le surprit. Il chercha Farran, ne l'aperçut pas tout de suite, le vit rentrer un peu plus tard, venant de l'extérieur.

S'était-il rendu aussi dans les studios d'à côté ? Avait-il emmené une des filles, Alexa, par exemple ? Non ! Alexa était au bout du bar, en conversation avec un client.

— Une bouteille de Mumm, Léon.

On aurait dit que c'était prévu. Seau et bouteille apparaissaient instantanément sur le comptoir.

Il n'avait plus envie de boire. Il n'était pas ivre, même s'il avait tendance à se faire des idées. Pourquoi, par exemple, ce sentiment d'insécurité ?

Irène n'adressait-elle pas un signe à Léon ? Celui-ci, à son tour, ne faisait-il pas comme un signal à Farran qui s'approchait ?

Il passait derrière le dos de Jovis, puis derrière Irène, à qui il disait en lui pinçant la nuque :

— Ça va, ma jolie ?

Il ne s'arrêtait pas, allait reprendre la place qu'il avait occupée au début, de l'autre côté d'Alexa. Il semblait connaître le compagnon de celle-ci et ils se mettaient à bavarder tous les trois à mi-voix. À cause de la musique, des autres conversations, des bruits de pas des danseurs, il était impossible d'entendre ce qu'ils disaient.

Pourquoi Alexa le regardait-elle comme s'il y avait quelque chose de surprenant dans sa mise, dans son attitude, ou simplement dans sa présence ?

De temps en temps, elle penchait la tête pour mieux écouter, mais elle ne le quittait pas des yeux et il aurait juré qu'il était question de lui.

— Tchin-tchin !

Irène choqua son verre contre le sien, comme dans la chambre, avala son champagne d'un trait.

— Je vais me préparer.

Elle le laissait seul au bar, où il ne savait quelle contenance prendre.

6

Soudain, il décida de partir. Il avait l'impression d'étouffer, d'être en proie au vertige. Il avait trop bu, sûrement, surtout qu'il n'était pas habitué à boire. Cela créait, entre son cerveau et la réalité, un décalage plus ou moins accentué.

S'il marchait, il était sûr de ne pas tituber ; il n'en était pas là. Il était capable aussi de parler sans bredouiller. Il savait où il était, ce qu'il faisait, n'oubliait rien des moindres détails de la soirée.

Au contraire, sa lucidité était doublée. En observant les visages autour de lui, il se sentait capable d'aller au fond des êtres et, plus tard, il pourrait retrouver les traits, les gestes, les états d'âme de chaque consommateur.

Il n'était resté que trop longtemps, permettant à l'atmosphère de l'étrange boîte de l'envahir et de lui enlever ses moyens de défense.

Il avait suivi Irène sans même protester. Là-haut, dans le studio, il avait agi comme ils s'attendaient à ce qu'il agisse. Trop bien même, puisqu'à un certain moment la fille avait eu peur.

Il disait « ils ». Il ne le disait pas, puisqu'il ne parlait à personne, mais il le pensait. Ces gens-là, autour de lui, étaient de deux sortes. Il y avait ceux, autour des tables, qui faisaient tout ce qu'« on » avait décidé de leur faire faire et ils portaient maintenant des chapeaux en papier, certains soufflaient dans des mirlitons, d'autres lançaient des serpentins ou des boules de coton colorées.

« Ils », c'étaient les autres, depuis la demoiselle du vestiaire jusqu'au barman en passant par le maître d'hôtel, par les filles et les garçons, peut-être aussi par certains de ceux qui étaient accoudés au bar et qui faisaient partie de la figuration.

Ils ne l'avaient pas attiré au Carillon Doré. Aucun d'entre eux ne s'attendait à le voir pousser la porte du cabaret ce lundi-là.

Il n'aurait dû être, pour eux, qu'un client quelconque, un petit bonhomme sans importance à qui on essayerait de soutirer autant d'argent que possible.

Eh bien, non ! Cela ne s'était pas passé ainsi. Il était entré, avait déposé son chapeau, s'était dirigé vers le bar au lieu de suivre le maître d'hôtel.

Au bar, il y avait Farran qui lui avait jeté un coup d'œil, un seul. Un coup d'œil qui avait suffi.

Est-ce que son voisin de Clairevie ne l'avait pas aperçu, de son côté, à la terrasse, alors qu'il essayait de s'effacer ? Quand il s'était promené, l'après-midi, avec sa femme et son fils, Walter n'avait-il pas dit à ses parents :

— Tiens ! C'est lui, mon nouvel ami Alain, avec son père et sa mère.

En le voyant surgir rue de Ponthieu, Farran n'avait-il pas compris qu'il savait tout ?

Pourquoi, autrement, cette visite dans une boîte de nuit, de la part d'un homme qui n'avait visiblement pas l'habitude de ces endroits-là ?

Il commençait à avoir peur. Il ne voulait pas attendre qu'Irène commence son numéro.

— Combien vous dois-je, barman ?

— Vous n'allez pas déjà partir ?

Jovis aurait juré que Léon cherchait Farran des yeux pour lui adresser un signal. Tant pis si la boisson déformait la réalité. Jovis voulait s'en aller. Il voulait aller retrouver sa femme qui dormait la bouche entrouverte, avec son léger ronflement rassurant, son fils couché en chien de fusil, sans drap, sans couverture.

C'était son univers à lui. Il l'avait créé. Il en était responsable. Ils avaient tous les deux autant besoin de lui qu'il avait besoin d'eux.

Il avait déjà tiré son portefeuille de sa poche.

— La patronne vous offre une bouteille, prononçait le barman, qui n'était plus le petit homme rondouillard de tout à l'heure mais qui prenait une allure inquiétante.

Il faisait partie de la conspiration, évidemment. Il avait reçu des instructions et les suivait.

— Qui est la patronne ? Où est-elle ?

— Là-haut, dans son appartement. C'est une tradition d'offrir une bouteille aux nouveaux clients sympathiques. D'ailleurs, Mlle Irène le prendrait mal si vous n'attendiez pas son retour. Elle va passer dans un instant...

Est-ce qu'il aurait dû insister, s'enfuir ? Il n'osa pas et remit son portefeuille dans sa poche.

Il lui sembla que Léon et Farran échangeaient des coups d'œil significatifs. Les musiciens annonçaient le numéro par un roulement de batterie et c'était une fois de plus le changement de lumières.

Il fit semblant de regarder Irène, qui allait et venait sur la piste en se déshabillant, mais c'était une autre image qu'il avait devant les yeux, une image qu'il avait crue oubliée.

Ils étaient encore rue des Francs-Bourgeois. C'était l'été, comme maintenant, car la fenêtre était large ouverte. Ils se tenaient à table tous les trois et le soleil venait de se coucher, l'air devenait bleuté, sans qu'il soit indispensable d'allumer les lampes.

Pourquoi se rappelle-t-on tel instant de sa vie plutôt que tel autre ? Cet instant-là, Émile l'avait vécu innocemment, sans se rendre compte qu'il était en train de l'enregistrer.

Alain était plus jeune. Il avait environ huit ans. Il était boudiné, à cette époque-là, et se plaignait d'avoir un gros derrière dont ses camarades se moquaient. Ils dînaient, autour de la table ronde qu'on recouvrait, alors, non d'une nappe mais, par économie, d'une toile cirée à carreaux rouges.

Une autre fenêtre était ouverte de l'autre côté de la rue, à moins de huit mètres, et deux personnes dînaient devant une table ronde aussi, au milieu de laquelle était posée une soupière et un quignon de pain. C'étaient les Bernard. On ne les connaissait que de vue. Ils n'avaient pas d'enfants.

L'homme était agent de police et on le voyait tantôt en civil, tantôt en uniforme, ce qui impressionnait Alain. Surtout vers ses cinq ou six ans.

— Il y a un vrai revolver dans l'étui ?

— Oui.

— Il a le droit de tirer sur les gens ?

— Seulement sur les malfaiteurs.
— Ceux qui tuent ou qui volent ?
— En principe, on ne tire pas sur les voleurs.
— Pourquoi ?

Dans les deux pièces séparées par moins de six mètres, les êtres avaient les mêmes gestes pour manger la soupe et s'essuyer les lèvres. Mme Bernard était vieille avant l'âge. Depuis que la concierge était malade, elle la remplaçait la plus grande partie de la journée dans la loge.

Ils parlaient tous les deux, mais on n'entendait pas ce qu'ils disaient. On sentait seulement qu'ils étaient paisibles, détendus, débarrassés des soucis de la journée.

Ce soir-là, à ce moment-là, Jovis avait pensé qu'ils étaient des centaines de milliers de ménages, rien que dans Paris, à manger ainsi la soupe dans une atmosphère que le crépuscule rendait bleuâtre.

— À quoi penses-tu ? lui avait demandé Blanche.

Il était resté longtemps sans rien dire, rêveur.

— Je pense aux gens d'en face.
— Aux Bernard ?
— Je ne crois pas que la femme vive très vieille.

Or, elle vivait toujours. C'était l'agent de police qui s'était fait tuer quelques mois plus tard en intervenant dans une bagarre.

Pourquoi évoquait-il les Bernard, ici, dans un cadre si différent ? Sa pensée suivait des méandres compliqués, passant d'abord par Clairevie, par le moment où ils étaient arrivés en voiture devant l'immeuble, sa femme et lui, précédant la camionnette de déménagement. Le premier visage aperçu avait été celui de l'invalide aux yeux rouges et au crâne poli accoudé à une fenêtre du troisième étage.

Il se souvenait du sentiment qu'il avait eu alors. Cela n'avait pas été exactement de la déception, mais il s'en était voulu de ne pas se sentir plus enthousiaste et le reste de la journée s'était passé un peu comme dans des limbes.

Il avait de la peine à se convaincre que tout était réel, que cet appartement lui appartenait, plus exactement lui appartiendrait quand il en aurait fini avec les versements.

Combien d'années allaient-ils y vivre ? Dans six ans, dans huit ans, dans dix ans, Alain les quitterait pour se marier ou pour travailler ailleurs. Ils resteraient tous les deux, comme les Bernard rue des Francs-Bourgeois.

Avait-il eu raison de…

Il n'en était pas sûr, le premier jour de Clairevie, le second non plus. En était-il si sûr la veille, tandis qu'ils marchaient en famille le long du chemin poudreux et qu'ils découvraient un clocher, un hameau, de vrais paysans qui jouaient aux cartes dans la fraîcheur du bistrot de campagne ?

Il épiait Blanche, cherchant à lire un regret sur son visage.

Rue des Francs-Bourgeois, ils étaient entourés de gagne-petit, de braves gens qui menaient une existence grisâtre mais sans complications. Ils acceptaient leur médiocrité sans se révolter, comme ils acceptaient les revers, les maladies, les infirmités de la vieillesse.

Blanche n'avait rien dit en découvrant qu'il n'y avait pas d'église. Car, d'habitude, elle allait à la messe le dimanche. Quand ils avaient décidé de partir tôt pour la campagne, elle courait au service de six heures du matin à l'église Saint-Paul et le déjeuner était prêt lorsque ses deux hommes se levaient.

Croyante comme elle l'était, n'en voulait-elle pas à son mari de ne pas l'être aussi ? Elle n'en parlait jamais, ne faisait aucune allusion à Dieu, ni à la religion.

Il était persuadé qu'elle attendait, en priant pour lui, le jour où il entrerait dans le bon chemin.

Si elle avait épousé un pécheur, tout au moins avait-elle obtenu qu'ils se marient à l'église.

— Sans cela, ma tante ne donnerait pas son consentement, et elle est ma tutrice.

Blanche n'avait alors que dix-neuf ans. Sa tante allait à la première messe du matin et communiait tous les jours. Elle était une des rares du Kremlin-Bicêtre à assister encore au salut.

— À condition que ce soit de bonne heure et qu'on n'invite personne à l'église, avait grommelé le père d'Émile, résolument athée.

Le témoin de Blanche avait été une amie de la tante et Émile avait demandé à un collègue d'être le sien après s'être assuré qu'il était baptisé.

Alain avait été baptisé aussi.

... et délivrez-nous du mal...

Pourquoi ces souvenirs, tout à coup, dans une ambiance si peu propice à ces sortes de pensées ?

Le mal. Le bien. Pour Blanche, c'était net. Elle était sûre d'elle et c'était sans doute ce qui lui donnait sa sérénité.

Elle n'affichait pas ses convictions. S'il y avait un christ de bronze dans la maison, il n'était pas au mur, mais dans un tiroir, avec les rubans, les bobines, des bouts de tissu qui pourraient servir un jour.

C'est à peine si, avant de porter la première bouchée à sa bouche, elle remuait faiblement les lèvres en récitant à part elle le bénédicité.

Devant lui, Irène retirait sa culotte, face aux spectateurs, et une demi-heure plus tôt Émile était enfoncé dans sa chair.

Méchamment... Comme Farran... Il ne l'avait pas fait exprès... Il se demandait maintenant d'où lui était venu ce désir soudain de la détruire... Était-ce par imitation ?... Les voix, de l'autre côté de la cloison, avaient-elles réveillé en lui des instincts qu'il ne soupçonnait pas ou qu'une longue cohabitation avec Blanche avait éteints ?...

— À votre santé !... Videz votre verre tant que le champagne est frais...

Et, comme les lampes se rallumaient, le barman ajouta :

— Elle va venir tout de suite...

Cette histoire de la patronne offrant le champagne aux nouveaux clients était de la blague. C'était un peu comme si les Voyages Barillon payaient un séjour à Nice à tous ceux qui se présentaient pour la première fois.

Ils le traitaient en naïf, se donnaient à peine le mal de cacher leur jeu.

Qu'est-ce qu'ils attendaient de lui ?

— Tchin-tchin !

Il vida sa coupe d'un trait. Il avait besoin d'uriner. Allait-on le laisser s'éloigner du bar ? Il glissa de son tabouret, eut un instant de vertige et se dirigea vers la petite porte à laquelle Farran était tout à l'heure adossé. On y lisait le mot : *Toilettes.* On devait le suivre des yeux, s'assurer qu'il ne se rendait pas ailleurs.

En chemin, il accrocha une chaise occupée par une femme brune.

— Je vous demande pardon.

Pardon de quoi ? De quoi pouvait-on demander pardon ici ? Tout était permis, même de se mettre à poil !

Il ricanait. Ils croyaient déjà l'avoir, mais il était aussi malin qu'eux. Ce qui tracassait Farran, c'était tout ce qu'il avait raconté à sa femme au cours des nuits précédentes.

Comment avait-il découvert qu'Émile avait entendu ?

C'était simple, parbleu ! Si la cloison était assez mince pour laisser passer les sons dans un sens, elle les laissait fatalement passer dans l'autre sens aussi.

Ainsi Farran, ou sa femme, ou les deux, les avaient entendus, Blanche et lui, quand ils parlaient dans leur chambre à coucher.

Leurs propos devaient paraître naïfs, ridicules.

— Tu te rends compte, Jean ?

Car Farran se prénommait Jean, il s'en souvenait, il se souvenait de tout, il avait une mémoire extraordinaire, même que M. Armand l'en avait plusieurs fois félicité.

— Oui... avait dû laisser tomber un Farran soucieux.

— S'ils ont entendu ce que je raconte quand nous faisons l'amour...

Cela l'amusait, elle. Il était probable qu'elle aurait agi et crié de même si la cloison n'avait pas existé. Qui sait ? Cela l'aurait peut-être excitée davantage.

Il s'observait dans le miroir des toilettes et se trouvait le visage de travers, un regard qu'il ne se connaissait pas, une expression sarcastique.

Il se lava les mains soigneusement, comme si ce geste avait une énorme importance, les essuyant à une serviette sans fin dont il trouva un morceau à peu près sec.

Il alluma une cigarette, toujours devant la glace.

Ce n'était pas vrai qu'il avait peur. Il était capable de leur tenir tête. Malgré ce qui s'était passé avec Irène, il était un honnête homme et il avait sa conscience pour lui. On ne lui ferait pas dire ce qu'il ne voulait pas dire, champagne ou non.

N'était-il pas en train de dépenser en une nuit de quoi acheter à Alain son vélomoteur, et même deux ?

C'était son droit, non ? Chacun n'a-t-il pas le droit, une fois dans sa vie, de faire quelque chose de spécial, quelque chose qui le sorte de la routine habituelle ?

Il avait toujours travaillé avec acharnement. Cela, personne ne pouvait le nier. Et, s'il était arrivé où il en était arrivé, c'était grâce à son énergie, à ses cours du soir, à son abnégation.

Parfaitement, à son abnégation ! Il n'était pas un saint. Il avait eu des tentations, comme tout le monde, et il savait fort bien, en épousant Blanche, que ce n'était pas une jolie femme.

Il prévoyait aussi qu'elle s'abîmerait vite et qu'elle ne lui procurerait pas certains plaisirs qu'il préférait ne pas préciser mais auxquels il arrive à chacun de rêver.

Quelqu'un entra, alors qu'il avait l'air de discuter avec lui-même devant la glace, et il sortit des toilettes, se retrouva dans la chaleur, dans la musique, dans un brouillard d'où émergeaient des têtes roses et les taches colorées des robes de femmes.

Où était Farran ? S'inquiétait-il de sa longue absence ?

Cette idée le faisait sourire. C'était lui, Jovis, qui tenait l'autre. Il n'aurait qu'à lui demander, par exemple :

— Au fait, où est Petit Louis ?

Car il n'y avait pas seulement les crises d'hystérie à avoir été entendues de l'autre côté de la cloison. Il ne fallait pas oublier les autos.

Farran y avait-il pensé ? Les autos que Petit Louis avait « piquées » ! Le mot ne dit-il pas trop bien ce qu'il veut dire ?

Alors, qu'est-ce que ça pouvait leur faire, une bouteille de champagne en plus ou en moins ? Il fallait l'amadouer, l'attirer de leur côté. Émile avait eu tort de donner tant d'argent à Irène. Si les choses s'étaient déroulées si facilement, c'est qu'elle avait reçu des instructions.

Elle aurait couché avec lui à l'œil.

Elle était là, au bar, et, cette fois, Alexa occupait un tabouret à côté d'elle.

— Je n'ai pas besoin de te la présenter. Tu l'as vue danser. C'est notre grande vedette.

— Charrie pas ! répliquait l'autre de la même voix rauque que la femme de Farran. Dites donc, Irène prétend que vous êtes formidable.

— En quoi ?

— Tu entends, Irène ? Il ne s'en rend pas compte.

Il comprit et son attitude devint avantageuse.

— Tchin-tchin !

Il n'avait jamais autant entendu ces deux mots-là, qui ne le choquaient plus par leur vulgarité. Il répondait :

— Tchin-tchin !

Elles buvaient toutes les deux et Alexa avait posé une main chaude sur son genou.

— J'espère que vous reviendrez. Vous êtes allé à Tahiti ?

— Non.

— J'y suis allée l'année dernière, avec un club. Au moment du départ, on vous met au cou des colliers d'une fleur de là-bas qui s'appelle le tiaré. Quand le bateau commence à s'éloigner, on jette les fleurs à l'eau et il paraît que si elles flottent cela signifie qu'on reviendra...

» Ici, quand Léon offre à quelqu'un la bouteille de la patronne, le sens est le même. Tchin-tchin ! À la patronne !...

Il ne voyait plus Farran. Il ne savait pas l'heure, n'osait pas regarder sa montre-bracelet.

— Vous voyagez beaucoup ? questionnait Alexa, intarissable.

Et Irène d'intervenir :

— Il vend des voyages. Comment as-tu dit tout à l'heure ? Ah ! oui, c'est plus amusant. Il est marchand de vacances.

— Je suis dans une agence de voyages.

— Directeur ! précisa Irène.

— Cela ne vous donne pas envie de prendre des vacances aussi ?

— Pas en même temps que les autres. Pour nous, c'est le plein de la saison.

— Pour nous aussi.

Il se voyait dans le miroir derrière les bouteilles, le visage de plus en plus de travers, les yeux luisants, le teint animé. Que faisait-il ici à parader devant les deux femmes et à se rengorger comme un paon ? Ignorait-il que c'était du chiqué, que tout avait été combiné d'avance ?

Le plus drôle, ce serait qu'elles lui proposent de racheter une auto d'occasion, une auto « piquée » par Petit Louis !

... et délivrez-nous du mal, ainsi soit-il...

Les mots lui revenaient, comme au catéchisme.

... qui êtes aux cieux... ne nous laissez pas succomber à la tentation...

Est-ce qu'il avait succombé ? S'était-il bien défendu contre l'esprit malin ? Il ricanait, ne sachant plus s'il blasphémait ou s'il croyait réellement au bien et au mal.

Le mal, *l'esprit malin*, c'était Farran, un diable blond, bien bâti, la poitrine nue, le ventre plat, en short sur sa terrasse, allumant une cigarette avec un briquet d'or...

Jovis l'avait eu !... Il l'avait retrouvé... Déjà, il avait fait l'amour avec une des filles, celle que son voisin annonçait négligemment avoir prise dans la cabine du téléphone.

— Au fait, il y a une cabine téléphonique, ici ?

— Tu veux téléphoner à ta femme ?

— Primo, je n'ai pas parlé de téléphoner à qui que ce soit... Secundo, j'ai seulement demandé s'il existe une cabine... Tertio, une cabine téléphonique peut servir à autre chose qu'à téléphoner...

Et vlan ! Il regardait Irène dans les yeux en disant cela mais, comme la fille ne bronchait pas, il ajoutait :

— Pas plus qu'un lit ne sert uniquement à y dormir...

Re-vlan, non ? Avait-elle compris, cette fois ?

Il s'était délivré. C'est ce qu'elles ne devinaient aucune des deux. Elles croyaient qu'il parlait ainsi parce qu'il avait bu quelques coupes de champagne, sans se rendre compte de ce que cette soirée avait de capital pour lui. *Capital !* Il pensait certains mots avec des majuscules.

Il avait coupé une amarre. Il s'était débarrassé de… Ce n'était pas facile à expliquer, mais il se sentait libre. Libre et fort.

Foutaise, voilà le mot ! Le bien, le mal, foutaise, vous avez compris ?

Il ne le leur disait pas. Il voyait la gueule du barman qui ne le quittait pas des yeux et qui profitait des moments où il tournait la tête pour remplir sa coupe. Il y avait une troisième bouteille sur le bar. Et après ?

Est-ce que Blanche avait le droit de le lui reprocher ? N'avait-il pas été un époux modèle et ne devait-elle pas le remercier de l'avoir choisie parmi des milliers, des dizaines de milliers, des centaines de milliers d'autres ?

Est-ce qu'elle aurait pu, elle, se déshabiller au milieu du cabaret, montrer ses seins, son ventre, ses fesses ?

Non ! Alors ?

Il avait couché avec Irène, qui s'y connaissait et qui avait confié à sa copine Alexa qu'il était *extraordinaire.*

Alain n'avait pas de reproche à lui adresser non plus. Il n'y aurait pas eu d'Alain si Jovis ne l'avait pas voulu.

… et délivrez-nous…

— Où est-il ? questionnait-il en regardant autour de lui comme s'il se souvenait d'un rendez-vous urgent.

— Qui ?

— Le grand blond, qui se tenait dans le fond du bar tout à l'heure.

— Je suppose qu'il est parti.

— Vous ne le connaissez ni l'une ni l'autre ?

Alexa fut seule à répondre.

— Je le connais comme je connais les clients, ni plus ni moins. Il en vient tellement…

— Il est souvent ici ?

Elle mentait et c'était amusant de la forcer à mentir.

— De temps en temps…

Elle avait retiré sa main de la cuisse d'Émile et elle le regardait avec une certaine méfiance.

— Pas tous les soirs ?

— Tu as de drôles d'idées, mon lapin. Qu'est-ce qui te fait penser qu'il vient tous les soirs ?

— Je ne sais pas. Je croyais.

— Tu croyais quoi ?

— Qu'il était quelque chose comme le patron.

— Le patron est une patronne, Mme Porchet. Elle habite l'entresol et ne descend plus depuis qu'elle a perdu une jambe dans un accident d'auto.

— C'est une vieille femme ?

— Il y a dix ans, c'était la meilleure strip-teaseuse de Paris.

— Comment est-elle devenue la propriétaire ?

— En épousant le patron d'alors, Fernand Porchet.

— Et qu'est devenu Fernand Porchet ?

— Il est mort…

— Comment ?

Il jouait à la pousser dans ses derniers retranchements. Il savait des choses et elle ne savait pas qu'il savait.

— D'un accident.

— D'automobile ?

— Non. Une arme à feu.

— Il s'est suicidé ?

— Il ne l'a pas fait lui-même.

Cela lui donna un choc et il vida sa coupe de champagne.

— Et les autres ?

Elles ne comprenaient ni l'une ni l'autre le sens de la question.

— Quels autres ? De quoi parles-tu ?

Il devenait imprudent, mais il se sentait invincible. Ils ne pouvaient rien contre lui. Il était délivré, capable de les défier.

— Tous les autres, quoi ! La bande !

Il désignait Léon, puis le maître d'hôtel, les garçons et jusqu'à la demoiselle du vestiaire.

Léon ne bronchait pas mais regardait les deux femmes avec insistance comme pour leur donner des instructions. Il n'était sûrement pas le chef. Il n'en avait pas la tête. Farran, lui, avait une tête de chef. Mais Léon devait être quelque chose d'important, de solide, comme un adjudant.

— Tu es rigolo !

— Pourquoi ne serais-je pas rigolo ? Est-ce que je ne vous ai pas dit que je vends des vacances ? C'est gai, les vacances ! Je suis en vacances et je suis gai…

C'était son tour de poser la main sur la cuisse d'Alexa et de lui dire d'un ton convaincu :

— Demain, je reviendrai, et c'est toi que je baiserai.

Ouf ! Pour la première fois il avait prononcé ce mot-là et il n'y était pas arrivé sans peine.

— Je sais déjà ce que tu me feras, ce que tu me demanderas de te faire. Je sais aussi comme tu crieras.

Elle ne souriait plus aussi naturellement et il avait l'impression de lui faire un peu peur.

Alors, il décida d'aller plus loin, beaucoup plus loin. Il en avait assez de ses timidités d'honnête homme. C'était fini. *Fi-ni.*

— Je vais te dire ce que tu me demanderas. Approche ton oreille…

Et il répéta, tout bas, les paroles entendues de la bouche de son voisin.

— Ça t'étonne, hein ?

Elle regardait le barman et celui-ci s'éloignait comme pour servir d'autres clients. En fait, il sortait du bar, se dirigeait vers la petite porte à côté des toilettes.

— Je parie qu'il va retrouver Farran !

— Tu dis ?

— J'ai dit Farran.

— Qui est-ce ? Quelqu'un que tu connais ?

Il les regardait, malicieux, hilare, effrayé tout ensemble. Il n'avait pas voulu aller si loin. Il avait oublié qu'il n'était pas censé savoir.

— Et vous autres ?

— Ici, on n'a pas l'habitude de demander le nom des clients. Seulement leur prénom. Quel est ton prénom, à toi ?

— Émile.

Irène s'était effacée, laissant la direction des opérations à Alexa. Celle-ci disait presque sans ironie :

— Je l'aurais parié.

— Pourquoi ?

— Parce que cela te va bien.

Il devina confusément qu'elle se moquait de lui et cela le fâcha.

— Tu oublies que j'en sais plus sur toi que toi sur moi. Je m'appelle peut-être Émile, mais je ne…

Il s'arrêta net. Il s'apercevait seulement de l'absence du barman. Plus exactement, il le voyait surgir, du côté de la petite porte, alors qu'il le croyait encore dans son dos.

— D'où vient-il, celui-là ?

— De qui parles-tu ?

— De Léon.

— Sans doute des toilettes.

— Non. Il est sorti par l'autre porte. Où mène-t-elle, cette sortie-là ?

— Dans la coulisse. Il nous faut bien un endroit pour nous changer, pour ranger les accessoires, et un autre pour les provisions de bouteilles.

Il fit des yeux le tour de la salle et son inquiétude s'accrut. Il constatait que la plupart des clients étaient partis, qu'il ne restait que trois couples devant les tables et que les musiciens rangeaient leurs instruments.

Cela ne le dégrisa pas complètement, mais il se sentit moins d'aplomb. Il eut hâte, soudain, d'être dehors, de sortir de la trappe.

Car c'était une trappe dans laquelle il commençait à se débattre.

— Qu'est-ce que je vous dois, barman ?

— Vous n'allez pas partir ainsi, alors que ces dames n'ont pas fini leur verre.

Il regarda tour à tour Alexa et Irène, ne les vit plus comme avant. Elles n'étaient pas doubles, mais leur sourire était crispé, leurs traits figés, comme menaçants.

C'était peut-être une idée qu'il se faisait.

— Qu'elles le finissent.

Irène semblait avoir compris Dieu sait quel signal du barman.

— Je vais te dire une bonne chose, mon chou. Tu as parlé tout à l'heure de revenir demain pour Alexa. Demain, c'est son jour de congé. Elle m'a avoué tout à l'heure qu'elle se sentait des envies. Tu comprends ? On va prendre une autre bouteille, gentiment, puis on ira tous les trois à côté…

Il se tenait à la barre, car il avait tendance à faire vaciller son tabouret. Les sourcils froncés, il s'efforçait de comprendre. Pourquoi voulaient-elles l'entraîner dans un studio de la maison voisine ?

— C'est un piège ? demandait-il, la voix pâteuse.

Léon, sans attendre sa réponse, avait ouvert une bouteille et remplissait les verres.

— Quel piège ? Pourquoi te tendrions-nous un piège ? On a envie toutes les deux de s'amuser avec toi…

… et délivrez-nous…

Non ! Il en avait assez de cette ritournelle.

— Pourquoi êtes-vous allé dans les coulisses, vous ? demanda-t-il soudain, tourné vers le barman.

— Pour dire à la patronne que tout allait bien.

— Elle est en haut, la patronne.

— Il existe un téléphone intérieur.

— Qui a décidé d'arrêter la musique ?

— Personne. Les musiciens savent quand ils doivent jouer ou non. On ne les écoutait plus et il n'y avait plus de danseurs.

Un des trois couples se dirigeait vers la sortie. Encore deux couples et une seule personne au bar, un Anglais sommeillant devant son verre de whisky, appelant de temps en temps Léon pour le remplir.

— Tchin-tchin !

— Non ! Pas *tchin-tchin* non plus ! Ni *tchin-tchin* ni *délivrez-nous du mal.*

Il avait assez de peine à s'y retrouver comme ça. Il ne savait même plus comment cela avait commencé. C'était sa faute, évidemment. C'était toujours sa faute. Blanche ne prenait jamais de décision. Elle faisait ce qu'il voulait. C'était une épouse docile. *Docile !*

Est-ce qu'Irène, tout à l'heure, dans le studio, n'était pas docile aussi ? Il n'y a rien de plus facile. Et Alain était docile. S'il désobéissait, c'était en cachette, de sorte que son père ignorait s'il le faisait ou non. Il le faisait, c'était certain. Il avait peut-être confié aujourd'hui même à ses camarades :

— Hier, pendant la promenade, j'ai fait la tête de celui qui s'ennuie et qu'on a sacrifié en déménageant. Ça a marché. Je vais avoir mon vélomoteur.

Ils trichaient tous. Tout le monde trichait. Jovis lui-même était en train de monter la plus grande tricherie de sa vie.

Il finirait la bouteille avec les deux filles, puisqu'il le fallait. Sinon, ils seraient capables de ne pas le laisser sortir de leur boîte. Dieu sait qui se tenait derrière la petite porte mystérieuse.

Et voilà qu'un couple s'en allait encore. Il n'en restait qu'un, des amoureux qui s'embrassaient. L'homme pétrissait cyniquement le sein de sa compagne comme s'ils étaient seuls.

Alors, la bouteille finie...

Ah ! oui... Il se souvenait... Il sortirait docilement avec Alexa et Irène...

Cela n'aurait peut-être pas été désagréable de se trouver tous les trois dans le studio. Tous les trois nus ! Hein !

Mais il ne le fallait pas. C'était une autre trappe. Dans la rue, il avalerait une bonne gorgée d'air et s'en irait.

Il y avait d'autres boîtes proches, des restaurants encore ouverts. Il courrait si c'était nécessaire et personne n'oserait s'élancer à sa poursuite. Une fois aux Champs-Élysées, il ne lui resterait qu'à aller prendre sa voiture...

La preuve qu'il n'était pas tellement ivre, c'est qu'il se souvenait très bien de l'endroit où il avait laissé l'auto.

Au parking souterrain de l'avenue George-V. Il lui faudrait conduire lentement, en évitant de se mettre dans son tort car, si un agent ou un motard le sifflait, on lui ferait peut-être passer le test de l'alcooli... l'alcoolomètre... Un mot comme cela ! Un mot difficile, surtout cette nuit !

Une pensée, soudain, le refroidissait.

Et si Farran se trouvait vraiment dans les coulisses, comme il le pensait depuis un bon moment ? Si Farran le suivait, dans sa voiture de sport rouge ?

Sur l'autoroute, Jovis ne risquait rien, à cause des lumières et du trafic. Mais quand il tournerait à droite, quand il prendrait le chemin désert de Clairevie et passerait sur le pont du chemin de fer ?

On lit des histoires de ce genre dans les journaux. On en voit à la télévision.

Ils avaient peur de lui, c'était sûr. Combien étaient-ils dans ce trafic ? Il y avait Petit Louis, qui « piquait » les voitures. Il fallait ensuite changer les plaques, la carte grise. Ou bien quelqu'un, dans l'administration, trafiquait des cartes grises, ou bien un spécialiste en fabriquait de fausses.

Il existait un garage quelque part.

— Qu'est-ce que tu as ?

— Rien. Il fait chaud.

— Bois. Le champagne te rafraîchira.

Il la regardait avec une douloureuse ironie. Le sort s'était moqué de lui. S'il devait lui arriver quelque chose cette nuit, comme disait Blanche, il regretterait au dernier moment d'être tombé sur Irène. Car, enfin, c'était un hasard.

Il aurait pu, quand il était entré, y avoir un tabouret libre à côté d'Alexa. Il s'y serait assis. Elle se serait comportée comme sa copine, parce que c'était leur façon à toutes de se comporter. Donc, c'est avec Alexa qu'il serait allé dans le studio d'à côté.

Et Alexa était exactement le genre de femme qu'il avait rêvé toute sa vie de posséder au moins une fois.

En apparence, il pouvait encore. Elles lui avaient proposé d'aller tous les trois dans la maison de passe.

Mais ce n'était pas vrai. Inutile de s'illusionner. Tout avait changé autour de lui. Le dernier couple était parti. Il ne restait que son chapeau à lui pendu au vestiaire et la demoiselle avait disparu. L'Anglais aussi.

L'éclairage n'était plus couleur tango, mais d'un blanc dur, et deux vieilles femmes commençaient à balayer les serpentins et les boules multicolores.

Léon n'était pas un barman jovial, un homme tout rond qui souriait d'un air bonasse. Les yeux froids, il remplissait les verres comme s'il ordonnait à Jovis de boire.

Qu'est-ce qui l'y obligeait, après tout ?

— Non !

Il fut stupéfait d'entendre sa voix résonner dans le silence, car il avait cru penser dans son for intérieur.

— À qui dis-tu non ?

Il les regarda, de plus en plus déformées, de plus en plus dures, qui le serraient de près comme pour l'empêcher de s'enfuir.

— Je ne sais pas. Je pensais…

— À quoi ?

— À… à ma femme…

Il inventait, essayait de gagner du temps. Il ne fallait surtout pas tomber. S'il tombait en descendant de son tabouret, il se mettait à leur merci.

Il savait, maintenant, quand cela avait commencé. Le déménagement ! Parce que ce n'était pas un véritable déménagement. C'était une trahison. Il les avait trahis tous en s'échappant.

Il n'y avait pas que les papiers peints pour l'irriter, mais les braves gens de la rue des Francs-Bourgeois.

Qui a dit : « Tu périras par orgueil » ? Peu importe. Il les avait trahis, son père, l'agent de police d'en face, l'épouse qui remplaçait la concierge – au fait, la concierge était morte – et aussi la pauvre Blanche, qu'il avait transplantée comme un vulgaire géranium.

C'était drôle de penser à Blanche comme à un géranium. Un géranium aussi est paisible, humble, rassurant, et ne se distingue pas d'un autre géranium. Il en existe des centaines de milliers comme il existe des centaines de milliers de Blanche qu'on ne reconnaît pas les unes des autres quand elles vont faire leur marché en rasant les murs ou quand elles se rendent à la première messe.

Il avait trahi Alain aussi, qui n'aurait plus comme ami que Walter et qui devrait quitter Charlemagne pour se rendre chaque matin à Villejuif.

Il pensait vite. Cela ne l'empêchait pas d'écouter les deux femmes. Irène décrivait la robe qu'elle porterait dans son prochain numéro et la façon plus lente qu'elle aurait de se déshabiller.

— Je sais bien que j'ai tort. Je vais trop vite. C'est plus fort que moi.

Il était sur le point de s'endormir, comme l'Anglais. Il eut un sursaut.

— L'addition ! cria-t-il trop fort, comme si sa voix était encore couverte par le vacarme de l'orchestre.

— Vous payerez demain, ou un autre jour.

— Qu'est-ce que cela signifie ?

Il était vexé et regardait durement Léon.

— Je n'ai pas le droit de payer ? Et pourquoi, s'il vous plaît ? Mon argent ne vaut-il pas celui de n'importe qui ?

Alexa le prenait par le bras, le faisait descendre de son tabouret.

— Viens, mon chou.

Il se débarrassa d'elle.

— Un instant. Pas avant que…

Il tira son portefeuille de sa poche, y prit des billets de cent francs, trois, quatre, peut-être cinq. Il avait eu soin de se munir avant de partir d'une somme qu'il n'était pas habitué à porter sur lui.

— Voilà ! Si ce n'est pas assez, dites-le !

— Merci, monsieur.

Il tournait. Il ne fallait pas qu'il tourne.

— Qu'est-ce qu'il a répondu ?

— Merci, monsieur.

— Pourquoi ne voulait-il pas que je paie ?

— Pour te faire une fleur.

— Une fleur ?

— Parce qu'il t'a à la bonne, quoi ! Ne t'occupe plus de ça. Viens. On va rigoler…

Chacune le tenait par un bras et il se répétait :

— On va rigoler.

7

Il ne s'étonna pas. Il s'attendait à tout. Il se sentait devenu suprêmement clairvoyant et il lui semblait qu'il avait découvert le secret des hommes et de l'univers. Cela lui donnait une ironie amère, qui s'adressait aussi bien à lui qu'aux autres.

— Voilà. Attention à la marche.

Elles le soutenaient. Elles étaient toutes les deux à ses côtés un instant plus tôt encore. Puis, la seconde d'après, sans transition, il était seul au milieu du trottoir.

C'était de la blague, évidemment. Il n'avait jamais cru qu'elles allaient le conduire au studio et qu'ils se déshabilleraient tous les trois.

On le trichait. Depuis le début. Il ne se laissait pas faire. À moins de cinquante mètres, il y avait un autre cabaret dont le nom se détachait en violet dans l'obscurité. Il s'efforçait de lire. Les lettres se chevauchaient. C'était la Tige, ou le Tigre.

Un portier en redingote grise, sur le seuil, bavardait avec un agent de police. À part eux, la rue était vide.

Était-ce à cause de l'agent que les deux femmes l'avaient laissé tomber ? Il se retourna pour voir ce qu'elles étaient devenues. Elles n'étaient plus là. Peut-être étaient-elles rentrées au Carillon ? Ou bien elles avaient continué leur chemin vers le haut de la rue et elles étaient déjà trop loin ?

Qu'est-ce que ça pouvait lui faire ? *Alea jacta est.* Ce qui devait arriver arriverait et il n'avait pas peur. Il avait toujours pris ses responsabilités, comme un homme. Personne ne pouvait prétendre qu'il n'était pas un homme.

Ce qui était difficile, c'était de garder son équilibre, à présent qu'elles n'étaient plus là pour le soutenir, et de temps en temps son épaule heurtait le mur.

À cause de l'agent, il devait marcher droit. L'agent leur avait fait peur, à elles, mais ne lui faisait pas peur, à lui. Il n'avait rien à se reprocher. Il était peut-être damné, si l'enfer de Blanche existait, mais il n'avait à rougir de rien.

Un homme a le droit, une fois dans sa vie, de faire l'amour avec une autre femme que la sienne. Il ne l'avait même pas demandé. C'était elle qui avait tout organisé.

Devait-il prononcer, en passant :

— Bonsoir, monsieur l'agent.

Non. Cela aurait l'air d'une provocation.

Et s'il lui disait :

— Il y a, au Carillon, un nommé Farran et sa bande. Un certain Petit Louis pique des voitures et, ensuite, quand un client est saoul, Alexa… Écoutez-moi… Je suis peut-être ivre aussi, mais moi je sais ce que je dis… Alexa, c'est la brune, celle qui a un corps…

Un corps comment ? Fluide ! Voilà. C'est difficile de décrire un corps et il avait trouvé le mot : fluide ! Et une bouche… Pour la bouche, il ne trouvait pas le mot mais n'importe qui comprendrait.

Bref, il avait l'occasion de les mettre tous dans le bain. On les arrêterait. On les conduirait en prison.

Cependant, il passait sans rien dire entre les deux hommes, qui ne faisaient pas attention à lui.

L'agent de police n'aurait-il pas dû le questionner ? N'avait-il pas compris, en le voyant, qu'il se passait quelque chose d'anormal ? Jovis n'avait jamais été ivre de sa vie. Non, monsieur l'agent, pas même le jour où on a fêté ma promotion place de la Bastille.

On lui avait offert le champagne. Ses collègues. Pas du vrai champagne. Du mousseux. M. Armand ne s'en était pas moins dérangé et avait prononcé un discours dans lequel il avait parlé de la grande famille qu'ils formaient tous et qui irait toujours de l'avant pour le plus grand bien de…

C'était idiot ! Les agents de police n'ont pas de flair. Ils sont juste bons pour régler la circulation. Le vrai travail, ce sont les autres qui le font, ceux qui sont habillés comme tout le monde et qu'on ne reconnaît pas dans la vie.

S'il y en avait eu un devant lui à présent…

Où était-il ? Rue de Ponthieu, oui… Il fallait sortir de cette rue-là, qui ne le conduisait pas à son auto… Elle était parquée au garage souterrain de l'avenue George-V…

Pour s'y rendre, il fallait sortir de cette tranchée qui descendait et où il ne voyait plus personne, plus aucune lumière en dehors des lampadaires.

Il devait trouver une issue pour se diriger vers la droite, vers les Champs-Élysées, où M. Armand dirigeait l'agence tout en verre. Dommage qu'elle ne soit pas ouverte la nuit. Il serait allé lui dire, à M. Armand…

Il s'arrêta, pris de vertige, dut se tenir à une porte. Il se passait quelque chose de désagréable dans sa poitrine. Il n'avait pas envie de vomir. Ce n'était pas son estomac. C'était peut-être son cœur qui se serrait et se dilatait en lui faisant très mal…

Est-ce qu'ils ne l'avaient pas empoisonné ? Il parvint à sortir son mouchoir de sa poche pour essuyer son front ruisselant.

En tout cas, ils allaient se défendre. Il en savait trop. Il l'avait dit à Alexa et à Irène.

C'était curieux. Il ne parvenait pas à se convaincre qu'il avait couché avec Irène. Cela n'aurait-il pas dû laisser une trace ? Après, elle était la même qu'avant, comme si rien ne s'était passé entre eux.

Il en savait trop. Il pouvait les faire arrêter tous. Ce n'était pas son intention. Il n'était pas… comment dit-on ?… un mouchard…

Qu'ils le laissent tranquille et, de son côté, il ne s'occuperait pas de leur trafic. Une auto volée de plus ou de moins…

Seulement, ils ne le savaient pas. Et Léon, le barman, l'avait regardé d'un œil de serpent. Puis il était allé dans les coulisses où Farran se tenait caché.

Farran était le chef. Il avait une tête de chef.

Qu'est-ce qu'ils allaient faire ? Ils l'avaient laissé sortir du Carillon Doré. Peut-être parce que, à l'intérieur, ils n'auraient pas su comment disposer de son cadavre.

Un cadavre, c'est encombrant. C'est presque toujours à cause du cadavre que les criminels se font prendre…

Il marchait. Il flottait. Il lui arrivait de descendre du trottoir et d'y remonter par miracle.

Il se souvenait de tout. Pas dans l'ordre, bien entendu. Le bien et le mal, par exemple… C'était de la foutaise !

Qu'arriverait-il, s'il mourait cette nuit sans rentrer à Clairevie ? Clairevie ! Un nom qui ressemblait à un pseudonyme. Un village, un bourg, une petite ville ne s'appellent pas comme ça. Rien qu'à ce nom on comprenait que tout était faux.

Il avait marché, mais pas longtemps. Dès le premier jour, quand ils étaient arrivés un peu avant les meubles…

Est-ce que sa femme et son fils apprendraient comment il avait passé sa dernière soirée ?

Qui le leur dirait ? Pas Léon, qui ne se vanterait pas de l'avoir forcé à boire. Pas les filles, qui étaient complices. La demoiselle du vestiaire ? Elle paraissait plus convenable que les autres et regardait de loin, avec indifférence, ce qui se passait.

Blanche saurait, d'une façon ou d'une autre. Il n'avait aucune raison de se faire abattre dans le quartier des Champs-Élysées alors qu'il était censé se trouver à Orly. Il aurait même dû être rentré chez lui depuis longtemps, et soudain son front se couvrait d'une mauvaise sueur.

Il n'avait pas pensé à ça. Il avait annoncé qu'il rentrerait à deux heures du matin au plus tard. Comme c'était la première fois, en quinze ans de mariage, qu'il passait une partie de la nuit dehors, Blanche ne s'était peut-être pas mise au lit. Elle était capable de l'avoir attendu.

Alors, en voyant les heures passer…

Quelle heure était-il ?

— Quelle heure est-il ? cria-t-il dans le vide de la nuit, oubliant qu'il avait une montre à son poignet.

Est-ce que le jour n'allait pas se lever ? Elle téléphonerait à l'aéroport. Elle demanderait :

— Est-ce que l'avion spécial est parti depuis longtemps ?

Elle savait donc, maintenant, qu'il n'y avait pas d'avion spécial. Il lui avait menti. Qu'est-ce qui lui prouverait, à elle, que c'était la première fois en quinze ans ?

On n'a pas le droit de mettre tant de soucis dans la tête d'un seul homme. Une rue coupait la rue de Ponthieu et il devait prendre à droite. Une fois aux Champs-Élysées, il serait en sûreté. C'était la rue La Boétie. Une voiture était arrêtée, assez loin, du côté de Saint-Philippe-du-Roule, mais ce n'était pas une décapotable rouge.

Tiens ! Il n'avait pas vu l'auto rouge de Farran en sortant du cabaret. Peut-être, après tout, était-il parti après avoir donné ses instructions. Un chef ne s'occupe pas des détails, ne participe pas à l'exécution.

Qui sait s'il n'était pas dans son appartement, à faire crier sa femme, que personne n'entendrait plus de l'autre côté de la cloison ?

C'était vraiment là que ça avait commencé...

Mais à quoi bon... Il marchait... Il fallait qu'il marche... Encore une quarantaine de mètres et il se trouverait sur le large trottoir des Champs-Élysées...

L'auto, derrière lui, s'était mise en route. Elle avait un moteur puissant, qui faisait le même bruit que la voiture rouge.

Il faillit se retourner, tandis que la voiture se rapprochait très vite, mais il lui semblait qu'il ne devait pas le faire. Le mieux était de courir. Peut-être arriverait-il à temps au coin...

Seul sur le trottoir, il devait avoir l'air d'une marionnette et il...

Il entendit le bruit d'une rafale, comme au cinéma et à la télévision. Il reçut un choc. Il s'immobilisa, vacillant, avec la sensation qu'il venait d'être coupé en deux.

Il n'était pas mort. Il n'avait pas mal. Il restait debout.

Non. Il ne restait plus debout. Sa tête cognait durement les pavés du trottoir et c'était à la tête qu'il ressentait une douleur.

Pourtant, il tenait ses deux mains sur son ventre.

Est-ce que l'agent, rue de Ponthieu… Blanche le croirait en enfer… Il avait tout prévu… Il avait été lucide… Il était lucide… Elle le croirait en enfer… Et si elle avait raison ?… S'il y avait vraiment un enfer ?…

Toute sa vie, il avait…

C'était fatigant. Pourquoi le laissait-on seul ? Ça coulait, tout chaud. Pas de sa tête.

Et voilà qu'il ressentait comme des coups de poignard dans le ventre.

— Je vous demande pardon…

L'homme penché sur lui – une énorme tête, un nez démesuré, comme dans les cauchemars – répétait :

— Où êtes-vous blessé ?

— Quoi ?

— Je ne voulais pas…

Tiens ! L'agent était là aussi et, un peu plus loin, des jambes de femme.

— Je ne voulais pas vous déranger…

Il aurait aimé leur sourire. Est-ce qu'il y parvenait ? Est-ce que…

C'était trop tard. Il ne voyait plus rien. Il n'était plus avec les autres. Il entendit un coup de sifflet, un moteur, des voix, mais cela ne le concernait pas.

Est-ce qu'il cria ? Ce n'est pas décent de crier dans la rue en pleine nuit.

— Pourquoi est-ce que les gens…

Ils parlaient. Ils le piquaient dans le bras. Ou c'était peut-être dans la cuisse, il ne savait plus.

Elle porterait le deuil. Elle n'aurait pas besoin d'acheter une nouvelle robe car elle avait déjà une robe noire qu'elle mettait pour aller à la messe.

Elle deviendrait une petite vieille. Il avait toujours pensé qu'elle était née pour devenir une petite vieille. Une veuve, comme il y en a tant dans le quartier des Francs-Bourgeois.

Peut-être finirait-elle par faire des ménages ?

Elle toucherait l'assurance.

Il ne criait plus, n'avait plus mal. Il commençait à s'endormir. On le secouait. Il se demandait pourquoi on le secouait au lieu de le laisser en paix.

Que dirait-on à Alain ? Il avait oublié de lui acheter le vélomoteur et son fils ne le lui pardonnerait jamais. C'était trop tard, à présent. Ils ne pouvaient pas continuer à vivre à Claire… Clairechose… Le nom ridicule qui avait tout gâché…

— Il est mort, docteur ?

C'était drôle d'entendre, très clairement, cette question-là.

— Pas encore.

Alors, pourquoi l'empêchait-on de respirer ? On lui fourrait quelque chose sur le nez et on pressait fort.

Ils seraient obligés d'assister au procès, elle en noir, Alain dans son complet brun qui était son meilleur costume, mais on coudrait une bande noire à la manche.

— La veuve et son fils…

La police y met du temps, mais arrive toujours à ses fins. Ils étaient en rang dans le box, Farran au milieu, et Léon, le barman, Alexa…

Il n'aimait pas l'odeur. Il n'aimait pas du tout, mais pas du tout, ce qu'on était en train de lui faire en profitant de ce que…

Une idée lumineuse... Il était sûr d'avoir une idée lumineuse... Qu'on lui donne quelques secondes, qu'on le laisse parler au lieu de lui fermer la bouche avec quelque chose qui sentait si mauvais...

Rue des Francs-Bourgeois... Qu'on répète seulement ces mots-là à sa femme...

Blanche comprendrait tout de suite... Leur logement n'était peut-être pas encore loué...

Comme avant...

Il aurait bien voulu pleurer...

Comme avant, mais sans lui...

Le loyer n'était pas cher... Peut-être M. Armand ferait-il un geste... Qu'ils n'oublient pas l'assurance, qu'il avait toujours payée rubis sur ongle...

Qu'ils ne croient pas tout ce que...

— Par... par...

Il avait une lampe puissante devant les yeux, une lampe aussi puissante que l'enfer.

— Pardon...

FIN

Épalinges (Vaud), le 27 juin 1967.

Le Livre de Poche s'engage pour l'environnement en réduisant l'empreinte carbone de ses livres. Celle de cet exemplaire est de :
300 g éq. CO_2
Rendez-vous sur www.livredepoche-durable.fr

Composition réalisée par FACOMPO (Lisieux)

Achevé d'imprimer en France par
CPI BUSSIÈRE (18200 Saint-Amand-Montrond)
en juin 2019
N° d'impression : 2045376
Dépôt légal 1re publication : novembre 2012
Édition 02 - juin 2019
LIBRAIRIE GÉNÉRALE FRANÇAISE
21, rue du Montparnasse – 75298 Paris Cedex 06

31/6885/3